WEI MAMA TIAOZHAN SHIJIE JILU

为妈妈挑战世界纪录

[英] 詹妮·皮尔森 著 [西] 埃里卡·萨尔塞多 绘
宗琬晶 译

接力出版社
Publishing House

目 录

1

一个突然的想法

这个想法来源于一场意外。六年级最后一周的周三，我朝比利・格里斯的鼻子狠狠揍了一拳，结果被送回了家。虽然我因此错过了六年级的最后两天，但也正是因为这个意外，我才能有机会登上电视节目，在演播室中，当着一群观众的面，请求二十世纪八十年代的著名歌星保罗・卡斯特尼帮帮我妈妈。

那天正好是毕业汇报。我们要选一个自己感兴趣的话题做报告。杰克・帕金斯第一个发言，他报告的题目是《历史上最好的足球队》。不用说，这种话题往往会引起激烈的讨论。为了让大家安静下来，亨特老师只能使劲拍桌子，然后赶紧请下一位。下一个上台的是迪伦·弗莱。他刚一开口，底下的咆哮就又开始了，因为他的题目是《历史上最最好的足球队》。这次亨特老师不拍桌子了，直接朝我们吼了起来，让我们都闭嘴。吵闹声终于停息后，亨特老师长舒了一口气，对着天花板嘟囔一通提前退休什么的，然后问谁想下一个上台。桑德举起手，迫切地挥舞着，屁股已经半悬了起来。

亨特老师咽了咽口水，一屁股坐回椅子上，说道："上来吧，桑德，我猜你要讲的是——"

全班同学都用无精打采的声音道："吉尼斯世界纪录。"

桑德极其痴迷世界纪录。自从他在五年级下学期从伦敦南部搬到英格兰中部的米尔顿·凯恩斯后，大家每天都能听到他给别人科普世界纪录。

他的报告以自己的家乡印度开头。桑德的爷爷奶奶来自印度，现在他仍有些亲戚生活在那儿，印度流行的是"林卡世界纪录"。然后他给我们介绍了一些关于"大"的纪录——最大的植物、最大的婴儿、最大的成人等，还有世界上最长的指甲，属于一个叫奇拉尔的人，他的拇指指甲长 197.8 厘米。这时杰克突然嚷道，这和英格兰历史上最好的守门员一样高——他说的是谁，我没听清——但这句话再次引发了大家关于足球的争吵。历史重演，亨特老师又开始愤怒地拍起了桌子。

大家终于安静下来了，杰克也成功为自己赢得了一次课后反思福利（又名留堂）。桑德给我们看了世界上最长指甲的照片，看起来真恶心，仿佛又长又卷的脆皮猪肉。大家都发出“哕”的声音。亨特老师这时候说，我们得成熟一点儿，马上就要上中学了。桑德赢了，全班都被他震慑住了。

在桑德后面，费利西蒂·费尔克劳讲了她最喜欢的女子乐队“巨口鲨乐队”，还有她们的生活、感情经历等。她还没来得及深入讲解，亨特老师就打断了她。她说这些东西对六年级的孩子来说太成熟了。原来亨特老师所谓的成熟界限在这里。

轮到我上场了，我很开心能有机会和大家讨论电子设备的修理。不是我自夸，在这方面，除了桑德，还没有别人能比得过我。我拿出我的小工具箱，向全班同学展示如何修复坏掉的游戏手柄。大家都被吸引了。亨特老师说：“露西，你的报告很有意思。”她给了我一个A，还在我毛衣上贴了一个贴纸，上面写着“超级明星”。

虽然六年级孩子早就过了贴贴纸的年纪，但我还是很喜欢它。毕竟，谁不想成为“超级明星”呢？

可是到了提问环节，比利·格里斯突然举起他的大手问道：“既然你这么擅长修东西，为什么修不好你妈妈呢？”

他的话在空气中停留了一会儿，我的身体已经先于大脑做出了反应。刹那间，我腾空而起，“飞”过了第一排书桌。事后，在鲍尔斯校长的办公室，他对我和希拉阿姨讲，我当时嘴里喊着“我干吗不先修理一下你的脸呢？”，他们都认为这不是“露西会做的事”，但我心里却觉得这听起来相当刺激。

总之，我和比利在地板上大干了一架。他块头比我大得多，但我有一拳正好砸在了他鼻子上。一瞬间，我俩面面相觑，不知所措。他开始号啕大哭——真哭的那种。他说他鼻子被打坏了，他要起诉我。亨特老师抓起一把湿纸巾，把我推到一旁，然后把湿纸巾压在了比利一塌糊涂的脸上。

亨特老师让大家赶紧回座位，然后带着比利去了校医室。我乖乖地回到了座位上，发现自己的手抖得厉害。

我可能是被吓着了，毕竟我从没打过人——我不是那种喜欢动手的人。比利被带走时，还嚷嚷着要把我送上法庭。我有点害怕，我不想让妈妈因为我的事心情不好，她已经有一大堆需要操心的事了。

坐在我前面的费利西蒂转过来，一双眼睛睁得老大，嘴巴咧得更大："我的天哪，露西！你也太野蛮了吧！"

我盯着衬衫上的墨水渍咆哮道："别和我开玩笑了！"

她完全体会不到我的情绪，反而拍着手说："我可停不下来，太刺激了，我太喜欢了！"

我不知道该说什么。

大家开始窃窃私语，虽然我很不想在全班同学面前哭，但我的下巴显然不这么想，它已经抖了起来。

由于我一直在努力控制自己的下巴，过了一会儿我才注意到桑德走到了我桌前。我怒视着他，但他没有退缩，只是说道："你知道塞西莉亚·布莱克斯吗？她被称为拳击界'第一夫人'，三十二场比赛全胜，这让她成为卫冕时间最长的女子拳击世界冠军。"

我说："闭嘴，桑德。"虽然这话让我很不自在，但我猜想他可能是想转移大家对我那番举动的关注。

他说："好吧，随你便，露西。"然后把我的眼镜放回了桌子上，这是他从地上捡起来的。他带着一脸受伤的表情坐了回去。不知为何，这让我感觉比揍了人还难受。

在二十八双眼睛的注视下，我把眼镜拿在手里摆弄。我甚至没注意到它在混战中掉了下去。一条镜腿断了，但我并不在意，因为我可以用我的小螺丝刀修好它。小螺丝刀是我九岁时，用小饼干换来的圣诞礼物。当时，妈妈粘了一把假胡子在下巴上，我开玩笑说这装扮很适合她，于是她一整天都戴着，还用比利时口音和我说话，假装自己是名侦探赫尔克里·波洛——虽然我根本不知道他是哪部剧里的。这些都是妈妈还没出问题时的事。

亨特老师回来后，让我把身上的贴纸撕了下来，然后说家里已经来人了，一会儿就接我回家。我真希望是妈妈，可惜不是。我自己也知道这是不可能的。妈妈最近又在和疾病抗争，每天都在昏睡中度过。她可能都没听见电话。来接我的是希拉阿姨，她有一头粉色的头发，穿着一件彩虹色的长衫，脸上写满了担忧。

鲍尔斯校长说他对我很失望，并要求我在学期最后两天居家反省。希拉阿姨则给了我一个大大的拥抱，告诉我往人脸上揍是不对的，我不能这么做，即使这个人本来就欠揍。

在开车回家的路上，我意识到一些事。尽管比利·格里斯是一个彻头彻尾的浑蛋，但他说的话没错，非常在理。我曾在网上看到有人战胜抑郁症，那为什么妈妈不可以呢？如果我真的很擅长修东西——而且我确实擅长——也许我也能把妈妈修好。

就在那一刻，我下定了决心要修好妈妈。接下来只需要找对方法。

2

梦里的黑狗

小时候，我经常梦到我家附近有只黑狗。每次妈妈变得情绪低落，我就开始做这种梦。我问妈妈她怎么了，她总会告诉我不用担心，她只是又看到那只黑狗了。现在看来我真是挺傻的，但小时候的我一直以为她说的是一只真正的狗，或者是一个幽灵，因为我从来没看见过它。其实，妈妈是在说自己的抑郁症——她只是不想当着我的面说出那个词而已。

在我意识到这一点之前，我一直都想解决掉这只黑狗。我竭尽全力想抓到它，让它离开这儿，但我只找到了两只自大的可卡颇犬和一只脾气很差的杰克罗素㹴。离我们两户远的格罗弗太太也有一只大狗，但那只狗更偏棕色而不是黑色。有一天我偷偷跑去她家确认，却意外看见她正和超市员工鲍勃打羽毛球，她家没有黑狗。

每晚睡觉前，我都会在邻居汉尼根先生的后门旁摆上一碗用零花钱买来的狗粮，我想，这也许能让黑狗去他家，不会来烦我妈妈了。虽然这么做有点不光彩，但汉尼根先生从来不做垃圾分类，也许这是他应得的教训。

即使后来我已经知道了黑狗不是真正的狗，而是人们代指抑郁症的一种方式，我还是保持着放狗粮的习惯。

我也不知道为什么。

也许是因为习惯成自然了，也许是因为除此以外我不知道自己还能做什么来帮助妈妈。也许是因为我觉得自己必须做点什么。

而从学校回家那天，当希拉阿姨把车停在我家车库时，我又想起了比利的话，他说得没错，我必须做点什么。我要修好我妈妈。

下了车后，我看见家里所有窗帘都拉着。希拉阿姨敲了敲前门，妈妈没有回应——说实话，我就没想过她会回应。好在，希拉阿姨和我都有备用钥匙。

希拉阿姨其实和我没有血缘关系。她对我很好，很希望我把她当成真正的亲人。每当妈妈状态不好时，我就会去她家住几天。不过上次去住已经是好几个月前了。

妈妈和希拉阿姨是从小玩到大的朋友。妈妈说希拉阿姨是她这辈子不可能再碰见的大姐姐，尽管她俩其实同岁。她们小学在一个班，这几乎是上个世纪的事情了。她们互相认识是因为希拉阿姨帮妈妈系鞋带。从那以后，希拉阿姨就一直在帮她。我真希望自己也能有一个这样的朋友。希拉阿姨是我们唯一的家人。妈妈是孤儿——你们知道吗？大人也可以是孤儿。我爸好像在我出生前就离开了，但说实话，有妈妈已经够幸运的了。毕竟妈妈小的时候，她的父母都不在了。

我们一进家门，希拉阿姨就打开了走廊的灯，喊道："莉莉？莉莉？你在家吗？露西和我一起回来了。今天学校发生了点小事，我们得跟你说说。"

妈妈没有回答。我知道她已经睡着了。她生病时可以睡一整天。

"学校联系不上你，所以给我打了电话，你家这位可真是个女中豪杰啊！"依旧没人回应。

希拉阿姨卷起袖子跟我说："烧点水吧，怎么样？"

我跟着她往厨房走，有点担心会看到一片狼藉。过去几个星期，打扫卫生可能排不上妈妈的任务清单，当然也没排上我的，虽然我试着做过。

希拉阿姨在厨房门口停住了脚步，她扶着门框缓了一会儿，然后转头看着我："露西，她又出问题了？你怎么不早点告诉我？"

我环顾四周，看着堆满水槽的没洗的餐具，以及快要溢出来的垃圾，假装是头一次看见这场景。真是太尴尬了。

"她没事，一点儿事没有。只是最近有点瞌睡，仅此而已。"我回答道——尽管我俩都知道不是这么回事。但我需要妈妈好着，因为如果她不好，我清楚地知道下一步等待我的是什么：再次和妈妈分开。当然，我很喜欢希拉阿姨，住在她家也没什么不好的，甚至很不错，但我就是想和妈妈在一块儿。因为本来就应该这样。更何况，如果一个人根本不在你身边，你要怎样才能修好她？

希拉阿姨冲出厨房，三步并两步地跑上了楼："莉莉，你醒了吗？"

我跟着她上楼走进妈妈的卧室。妈妈正躺在床上，脸色苍白，神情怪异，让人很难一直盯着她看。希拉阿姨抓住我的手，温柔地说："露西，你在外面等会儿吧，我和你妈妈谈谈。"

妈妈却扭过头来问我们："已经早上了吗？"

希拉阿姨放开我的手，坐到床边，用我想但由于某种原因做不到的方式抚摸着妈妈的头发，说道："我可怜的、美丽的莉莉，咱们需要帮助吗？"

妈妈哭了起来："我想是的。"然后她看着我说道，"对不起，露西，妈妈只是太难过了。"

我站在原地，完全不知道该怎么办。于是我索性闭上了眼睛，开始回想之前妈妈没生病的日子。每次需要提醒自己不要忘了妈妈原来的样子时，我就会这么做。

我想起之前每天早上，她总会大声喊着"太阳出来了，新的一天又开始了"，然后一把扯掉我的羽绒被，冲我说道："快起来，露西小宝贝！"而我会抱怨时间还早。然后她会跳到我被子上，吻着我脸上的雀斑，一边数着个数一边温柔地问我："亲爱的，今天要做些什么好玩的事呢？"

尽管今天她没有问，我还是小声对自己说："我会修好你的，妈妈，我发誓。"

3

把妈妈修好

那天晚上，希拉阿姨让我保证，以后妈妈情况不好时，一定要第一时间告诉她。我也不知道为什么没跟她说妈妈的事。可能是不想承认这件事的存在，不想承认我没能让妈妈开心。也许还有一点是怕希拉阿姨看见我们的生活状况，这让我觉得有些丢人。

希拉阿姨吻了我一下，和我道了晚安，可是我完全睡不着，一直在独木舟小床上翻来覆去。这里我得解释下，希拉阿姨把家里一条独木舟给我当客床。她说睡在这条船里，晚上就能梦见自己在大海上漂流。但我从来没在这个床上做过梦，也并不想梦见去探险。那天晚上，我脑海里只有妈妈苍白的脸和肉眼可见的虚弱。比利·格里斯的话一直在我脑海里回响。我有责任修好妈妈。我得想个办法。

可是，我无论如何也想不到，最后我会跑到电视节目上表演。

打人事件后的第二天早晨，希拉阿姨扭着屁股，高唱着碧昂斯的《单身女士》闯进了客厅。她穿着黄色连衣裤，头上扎着棕色头巾，看起来仿佛一串品相极佳的香蕉。

她猛地扑到我的睡袋上，我有点担心她要把我的内脏压扁，但心里还挺高兴，因为她似乎把我身体里的悲伤也挤出来了一些。

“别愁眉苦脸了，孩子。你妈妈在她该在的地方，而你也

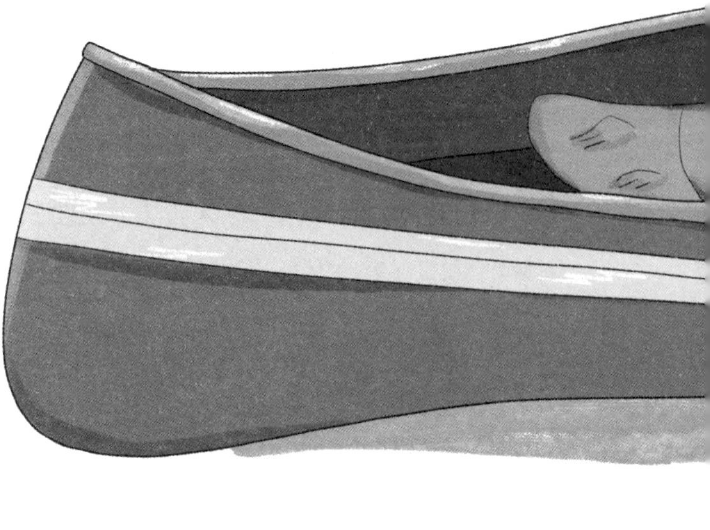

在你该在的地方，也就是和我在一起，今天开心点，好吗？”

“好吧。”

“事情都会过去的。它们总会过去。”

我点了点头，但说实在的，我已经受够了仅仅让事情过去，我需要完全修好它。

“今天我们修东西怎么样？”希拉阿姨一边问，一边把我的刘海儿从脸上拨开，“想修吗？”

尽管我知道她指的不是修好妈妈，但我还是回答道：“太想了。”

希拉阿姨以前在城里做点小买卖，她说有一天她突然厌倦了，于是就关店回了老家。现在，她每周日会去汽车集市赚点外快。她会低价买进坏了的东西，修好之后再卖掉。我高超的修理技巧都是从她那儿学来的。她教我把东西拆开，仔细检查，通常很快就能发现问题所在。然后就是花时间花力气去修了。希拉阿姨说东西坏了，一般都是可以修复的，只是人们总是迫不及待地要把它们扔掉。

早餐的麦片吃起来就像仓鼠笼里的木屑。从我记事起，希拉阿姨就在执行抗糖计划。出于某些原因，她认为吃糖有很大危害。我问她一碗焦糖布丁能造成多大伤害，她盯着我的眼睛，低声说："露西，它对人体的伤害难以想象。"然后，她开始长篇大论地讲述胰脏功能不佳和肠易激综合征的问题，我尽量选择左耳朵进右耳朵出。

实在吃不下这些麦片后，我俩去了我最喜欢的地方：希拉阿姨的小屋。这不是一间普通的屋子，希拉阿姨加固了墙壁，并在里面储存了食物和药品，以防末日来临。我得解释下：她是一个灾难论者。这不是她告诉我的，是我在网上搜到的。灾难论者总觉得一点儿小事都会演变成巨大的灾难。

我和妈妈曾以此取笑她，但疫情肆虐之后，她却成了笑到最后的人。每天一副"我早就说过了"的样子。当大家都在靠外卖抢货的时候，我们却有桃子罐头和蟹肉酱吃。希拉阿姨的小屋里总是满满当当的。她总说，不做准备的人，就是在准备失败。她说，如果有不测发生，这屋子里的物资够我们三个人活一整年。我问她还有什么会比全球疫情更严重的危机，她也说不清楚。但不管怎么说，我们已经做好了万全的准备，可以随时应对僵尸入侵或者外星人攻击，这总是令人安心的。

希拉阿姨一只手拿着一个旧闹钟，另一只手拿着一个相机，问我："你想修哪个？"

我坐在一个装有三百个沙丁鱼罐头的木箱上，说："我选相机。"

"好主意。这个要是修好了，周日我们能赚好几英镑。"

我打开相机背面，希拉阿姨则把闹钟的前盖取了下来。尽管她努力假装专心忙着自己手头的事，可还是忍不住时不时瞥我几眼。我已经猜到了即将发生的对话。

"你知道吗？昨晚我和你妈妈谈过了，她的医生……不是，我们都认为……"

她没必要再说了，我已经懂了："我得在这儿待一段时间，是吗？"我努力控制着自己的声音。

"你愿意吗？"

我愿不愿意显然已经不重要了。这种事发生了很多次，多到足够让我明白努力和争辩都没有任何意义。

“我能和她说话吗？”

“当然，大概几天后就可以了。”

我没有抬头。我知道每次妈妈生病时，都会是这样一套流程，但这之前，我最多也就在希拉阿姨家住三四天。直觉告诉我，这次时间会更长。“她情况有多严重？”

“没那么糟糕，你知道的，她只是需要一些时间——找回自己，渡过难关。她现在在一家专门照顾有类似困难的人的医院里。他们一定会照顾好你妈妈的，我保证。”

我终于拧开了照相机上的螺丝。我已经受够了妈妈“找回自己”。妈妈本来就应该开开心心的，像其他人一样；或者至少看起来开心，像我一样。当然，我从没跟希拉阿姨说过这些想法。我只是回答：“好的，没关系。”心里却暗下决心，一定要赶紧想到方法，快点修好妈妈。

幸运的是，在三天后的汽车集市上，我想到了一个主意。

4

暑假开始了

星期六早上醒来时，我发现希拉阿姨站在我床前，穿着一套亮橙色的工作服，戴着防毒面具，手里挥舞着一罐空气清新剂。

我此刻真没心情参与她的灾难演习，于是把头缩进睡袋里，假装还在睡觉。

“五秒钟后释放气体。”

“我还没睡醒，希拉阿姨。”

“五……四……”

“求你了，晚点再玩好吗？我还没睡够。”

“作为一个没睡醒的人，你话太多了。况且在毒气泄漏时，你也没的选。三……二……”

我从睡袋里探出脑袋：“我完全没睡醒，所以拿不了防毒面具。”

“一。”她朝我喷出空气清新剂，“现在……你完了。”

“好的。现在我可以清净清净了吗？”

她把防毒面具推到头顶，用空气清新剂的瓶子戳了戳我的头，说道：“你得做好充分准备呀，孩子。”

“准备什么？准备迎接薰衣草和薄荷味空气？”

“等你从生化袭击中幸免于难时，你会感谢我的。随时都要做好准备。”

这套理论真是没法反驳。

她大摇大摆走出客厅，接着走进厨房，向我宣布：“早饭时间到。”

我从睡袋里爬出来，走下独木舟，拖着脚步进了厨房，希拉阿姨正把一堆堆木屑似的麦片放进两个蓝碗里。

她把一个碗放在我面前，说：“别对吃的龇牙咧嘴。”

我对着那只碗恶狠狠吼了一声，希拉阿姨那又大又红的嘴唇咧开了一个微笑：“对了，忘了告诉你，鉴于你的暑假生活正式开始了，我邀请了一个朋友来陪你玩。”

“不是吧？”我不喜欢“玩”这种说法。我已经是大孩子了，不适合“玩”这个字，而且，我也没工夫陪朋友，我还得修我妈妈，但我还是问了一句：“你说的朋友是谁？”

她把橙色工作服的带子紧了紧：“隔壁的一对老夫妇——”

“老夫妇？”她怎么会觉得我想和老人一起玩？

“不是老夫妇，是他们的孙子，他这个暑假住在爷爷奶奶家。他父母去美国出差了。我跟他们说你正好缺个玩伴。他和你一样，也是独生子女——我猜你这几天可能会想和同龄人一块儿待着。”

“玩伴？你是说我需要一个玩伴？我又不是幼儿园的四岁小孩！

“他十点练完钢琴就来。”

我皱起了眉头。

“别摆臭脸。”

正好十点时，门铃响了，我黑着一张脸开了门，门外却是一张异常兴奋的脸。

“桑德？你就是那个玩伴？”

他轻轻皱了皱眉，但依然笑着说：“玩伴？我们又不是幼儿园小孩，露西。”然后他把一袋粉色小虾塞到我手里——其实是糖果，不是真虾。如果不是因为希拉阿姨可怕的戒糖行动导致我感觉有些低血糖，我肯定不会接受他的礼物。而当我把糖塞进屁股口袋后，他的笑容更灿烂了。

我同意了他的说法：“没错。我们不是玩伴，这也不是在幼儿园。”

“就是！你敢相信我们已经六年级毕业了吗？不过，你这样算毕业吗？毕竟你揍了比利，最后两天没来学校。”他说这些话时，脸上还带着微笑。

“我毕业了。”我虽然生气，心里还真有点底气不足。等会儿我得找希拉阿姨确认下。在他提到那次打架事件时，我的胃突然地抽了一下。我问：“比利的鼻子骨折了吧？”说实话，那件事后我一直都很难过，一方面后悔自己的行为，另一方面也因为这件事错过了小学最后两天的时光。

“大家是那么传的。不过比利第二天上学的时候，鼻子看起来很正常，所以我也不知道到底有没有骨折。”

看来鼻子比妈妈更容易修好。

希拉阿姨从厨房喊道：“别让这个可怜的孩子像推销员一样站在门口了，请他进来吧！”

“进来吧。”我退到一边，桑德则径直走进了厨房，走到希拉阿姨跟前，和她握了握手，像在谈生意一样。

“您今天的橙色套装真可爱，丝塔芙女士。”

希拉阿姨高兴地回答道：“谢谢你的夸奖，桑德，我特别喜欢鲜艳的颜色！叫我希拉就好。”

什么时候橙色也算是赞美了？

“您戴的帽子……也挺有意思。”他继续奉承道。

“不是帽子，桑德。这是个防毒面具。”

桑德点了点头：“我明白。”

明白什么了？他怎么就明白了？即使知道前因后果，我还不太明白呢。

希拉阿姨把她的防毒面具扔进了水果盘，然后从侧门走了出来：“我们今天要做一些修理工作，为明天的汽车集市做准备。你想加入我们吗？”

“那太好了，只要你们不介意就行，丝塔芙女士，我是说希拉夫人。对不起，我的意思是希拉。”

当我再次回过神来，桑德已经和我待在了小屋里，坐在一堆沙丁鱼罐头中修理东西，可是我此时真正应该做的是思考如何修好妈妈。当时，我很不喜欢桑德在这儿。我以为他会不停地聊世界纪录，妨碍我做我该做的事。不过我想错了。现在回想起来，其实很多事情我都想错了。

5

新的伙伴

桑德呆呆地站在小屋里，张着嘴四处参观，而我则在工具箱里一顿翻找，然后回到桌子前继续捣鼓我的相机。修理相机花费的时间比我预计的要长，我试过了所有能想到的办法，但都行不通。我有点忐忑。我必须有修复东西的能力，必须有。

“哇，这里东西真多！”桑德低声惊叹道，“你们为什么不直接把它们放网上卖掉？”

希拉阿姨慢慢放下她正在重新布线的旧灯，盯着桑德说道：“我们在家里不讨论这个，桑德。”

桑德皱着眉头问："不讨论什么？"

"网络购物，"我解释道，"这件事说来话长，但大致可以概括为她没脑子。"

希拉阿姨翻了个白眼："这叫吃一堑长一智，露西。我们做事情都应该多点心眼。你知道吗，桑德？有一次我以为我在网上买到了安迪·沃霍尔画的《伊丽莎白女王》，当时我觉得特别好看，色彩极其艳丽，一直都想把它买下来。"

"我不知道，丝……希拉。"

"你知道我买的那张梦寐以求的画其实是什么吗？"

"我猜不到。"

我轻笑了一声。这故事我已经听了无数遍了，但希拉阿姨那毫不减弱的愤怒依然让我觉得特别好笑。

"是一张邮票。就是你在邮局看见的那种。"

桑德晃着脑袋问："邮票？"

显然他这副沮丧的神情让希拉阿姨很受用，但我却看见了他嘴角一闪而过的笑意。

希拉阿姨用螺丝刀指着桑德喊道："这就是网购的后果。"

"我明白。"桑德回答道，但他皱起的眉毛让我怀疑他是否真的明白。

希拉阿姨接着说："只有亲眼见到，才能知道你要买的东西到底是什么。不能总是相信别人的描述，得注意细节，注意观察，自己甄别。”

“有点像和人打交道。”我喃喃自语道。这句话她以前也讲过。

希拉阿姨对我笑笑：“你说得没错，露西。就像和人打交道一样。”

“真是一次发人深省的谈话，希拉。”桑德一边说着一边冲我眨了眨眼，仿佛在告诉我他懂我这种被说教的感受。

希拉阿姨显然没注意到桑德的小动作，她点头感谢道：“谢谢你的夸奖，桑德。”

然后大家就都安静了好一会儿，我继续摆弄着手里的相机，脑袋里则想着妈妈此刻在干什么。

过了一会儿，桑德说道：“不过你知道吗，希拉？网上卖出的最贵的东西是一艘游艇，卖了一亿六千八百万美元。”这句话把我逗笑了。

希拉阿姨把头转过来：“别对汽车集市抱太大的期望，桑德。”

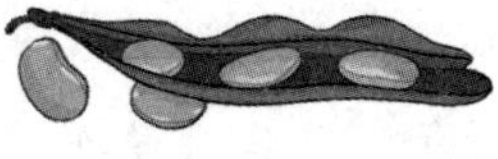

后来，没经过我的同意，希拉阿姨就自作主张去问了桑德想不想留下一起吃午饭。桑德热情地答道：“非常乐意！”尽管希拉阿姨已经提醒他我们要吃全素的茄子和荞麦菜。为什么会有人想吃这些？这让我很想念妈妈做的饭——炸鱼、薯条和豆子。但桑德看上去却很享受这些奇怪的混合物，即使它们黏糊糊的，还特别难吃。在做饭这方面，我不得不佩服希拉阿姨制造黑暗料理的惊人天赋。这也让我怀疑，如果世界末日真的到来，和她一起躲在安全屋里是否真的安全。也许远离她的黑暗料理才是更安全的选择。

吃完饭后，希拉阿姨又邀请桑德明天一起去汽车集市。我显然毫无决策权，这点着实让我有些生气。桑德特别高兴地说：“感觉会很棒！”这让我也不自觉地跟着笑了起来。不过我可不想让他看到，于是我往嘴里塞了些茄子泥，嘟囔着说他得起特别早，要是不喜欢早起就不好办了。

桑德却回答道：“我会和爷爷奶奶商量下，但我应该能说服他们，而且我总是起得很早。”

对此我并没有很惊讶——他看起来确实是那种精力旺盛的人。

希拉阿姨说道：“太好了！那明天早上六点三十咱们在这儿集合，桑德，你可以来帮我把独木舟绑在车顶上。”

“这条独木舟卖了两年了。”我给桑德解释道。

“明天就会是它消失的日子，我打包票。”

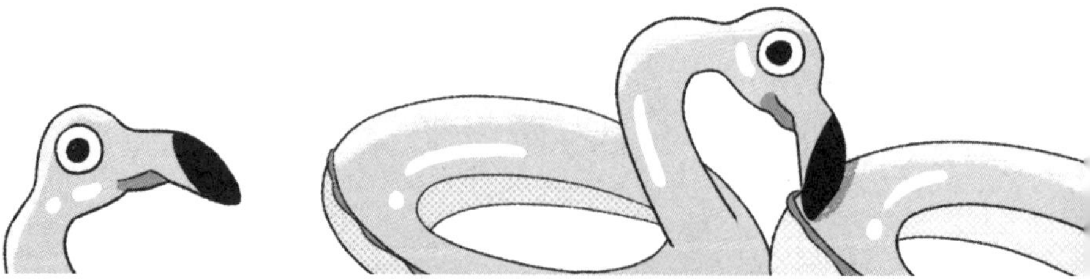

我心情有点复杂：“如果你把独木舟卖了，我睡哪儿呢？”

“我们会有办法的。”

我希望希拉阿姨能回答“一张床”，但我看她目光一闪，望向了楼梯下放着的那一盒子火烈鸟充气游泳圈。我赶紧冲她摇头。她只是微微笑了笑，说道：“我身体里兴奋的情绪告诉我，这将是一个非常棒的汽车集市。”

桑德附和道：“我也这么想。我现在太兴奋了！”

“你确定？”我问道。

“当然啦！”

然后他顿了下问道：“汽车集市是什么？”

什么？

“你问的啥？你不知道汽车集市？”

希拉阿姨瞪了我一眼：“你太没礼貌了，露西。汽车集市就是人们聚在一块儿，把闲置的东西放在汽车后备厢售

卖，借此饱赚一笔。”

没有任何证据表明汽车集市利润丰厚——我、妈妈和希拉阿姨至少去过上百次——但我没多说什么，我没力气和他们争辩。

“听起来很不错，”桑德说道，“就像是一次冒险。”

他说这话的时候，我的喉咙里好像不由自主地发出了一声冷哼，当时我满脑子想的都是妈妈，我不明白一个汽车集市怎么会这么令人兴奋。现在看来，我真是大错特错！

6

汽车集市

那天晚上，我一直在修那台相机，过程极其磨人，就好像它不想被修好一样。同时，我也一直在回避希拉阿姨的目光，我不想谈我的感受，我什么话也不想说。

第二天早上，我都差点忘了桑德也要来汽车集市。看见他站在独木舟旁边对我笑时，我着实吓了一跳。

“起床了！太阳晒屁股了！今天咱们要去汽车集市！你知道世界上最大的汽车集市在哪儿举办吗？”

显然这时不是讨论世界纪录的时候，我完全没有心情搭理他，只能伸手拿过眼镜戴上，答道：“我不知道。不过我猜托特纳姆的汽车集市会让你失望。”

“别这么扫兴。我相信会很有意思的。”

希拉阿姨冲进了房间。她的头发上绑着一个巨大的绿色发圈，身上又穿着那套橙色连体衣。这身打扮让她看起来就像一个巨大的菠萝。

桑德和我一起上下打量着她，桑德说：“今天早上您看起来很……特别，希拉。”

我不知道现在大家对恭维的定义是什么，但希拉阿姨似乎很喜欢桑德这一套，她毫不在意地挥了挥手，说道：“你真有礼貌，桑德。要一起吃早饭吗？”

“当然。”

“太好了，你正好可以尝尝我做的酸奶。”

我的胃一阵翻涌。“你自己做的酸奶？为什么？水果酸奶不好吗？”

“我做的酸奶不一样。它能帮助你将有益的细菌引入肠道，调节肠道菌群。”

“我完全听不懂。”

“相信我，很好喝的。”

其实一点儿也不好喝。在我看来，起泡酸奶就不该存在。

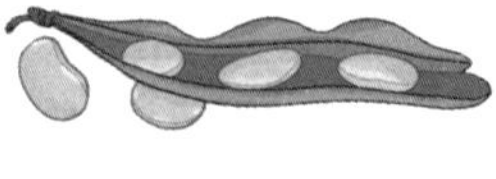

我们坐着希拉阿姨的货车前往汽车集市。桑德坐在了副

驾驶位，我只好坐在后排，紧挨着一盒闪闪发光的马桶圈。

但很快就发生了件好事。当我和桑德把准备卖掉的闲置物件搬到摊位上时，我突然想到了治好妈妈的方法。这件事发生的过程很有意思——我们常常会一直费劲地思考如何解决某个问题，结果答案却从天而降，仿佛上天注定让我们在这里找到答案一样。

在顾客到来之前，希拉阿姨已经去其他摊位逛了一遍。她发现了一整套森贝儿家族公仔，这个发现让她特别兴奋，绿色发圈在她头顶跳来跳去。

在她和卖家讨价还价时，桑德和我在其中一张搁板桌上随便摆了些东西展示。当桑德告诉我世界上最长的耳毛有25厘米时，我尽量克制住胃里的起泡酸奶要涌出的冲动。我拿起一本讲花园鸟类的精装书，突然一张照片掉在了草地上，刚好在我脚边。

我愣愣地站在原地，看着照片上的两张脸，突然莫名其妙鼻子一酸，差点就哭了出来。当时桑德正在给我讲着哪一项世界纪录，看我不对劲，立马停下来问道："你还好吗？"

我弯下腰，把照片捡了起来："我没事，只是发现了一张妈妈的照片而已。"

这不仅仅是一张照片。

我喃喃道："她看起来真开心。"

桑德只是淡淡回了一句：“我明白。”神奇的是，我真的觉得他明白我的感受。

照片一定是很久以前拍的了。可能是妈妈在伦敦当美发师的时候吧。照片上的妈妈和现在很不一样，那时的她特别漂亮，不是因为眼睛上蓝色的眼影，也不是因为染的金发，而是她那由内而外绽放的笑容，这笑容让她全身上下都闪着金光。从鼻子上的雀斑到伸出的指尖——她全身都在微笑。这才是我想要的妈妈。

她的右手搂着一个绿眼睛的男人，男人左耳垂着一个银色的耳饰。我把照片翻过来，看到了背面用黑笔写着：你是我的快乐之源。

一种奇怪的感觉从我体内冒了出来，注意，不是起泡酸奶的原因。在那一刻，我确信我找到了能让妈妈幸福的方法：就是这个绿眼睛男人，他的眼睛很亮，仿佛曾经把眼珠拿出来擦拭过一般。

我发现桑德在我身后偷看，于是我举起了那张照片——我想让他也看看：“快看，桑德，这是我妈妈。”

我不确定我在期待什么，但他的反应完全出乎我的意料。他突然深吸一口气，用手不断扇着风，甚至激动得一直跺脚。

“露西，你知道那是谁吗？”

我看了他一会儿，不知道他是在开玩笑还是在干吗：“我

知道啊，那是我妈妈。”

“不是说那个女人。”他指着那个眼睛闪闪发亮的家伙说，“我是说他。”

“他？你认识他吗？”

“我当然认识！”

听到这里，我激动地抓住了他的肩膀，使出好大的力气，我喊道：“快告诉我他是谁，桑德。快把你知道的统统都告诉我！”

7

保罗·卡斯特尼

保罗·卡斯特尼是二十世纪八十年代末著名歌星，有三首歌曲登上过排行榜榜首，他是桑德最喜欢的流行歌手。这确实是桑德的风格——连喜欢的歌星都不是这个世纪的人。

桑德之所以这么激动，不仅仅是因为保罗的专辑要重新发售了。更重要的是，保罗前两天宣布将出席一个名为《世界纪录挑战者》的电视综艺节目，并担任首席评委。在此节目中，参赛者将不断挑战世界纪录。桑德说，这绝对会成为最好看的综艺节目。

桑德紧紧抓着照片不放，我费了好大劲才从他手里夺了回来。在我终于抢回照片后，桑德瞪大眼睛问我："保罗·卡斯特尼该不会就是你爸吧？"

我笑了："当然不是，我爸叫伊恩维尔，上次听到他的消息时他在特鲁罗。保罗·卡斯特尼肯定是我妈妈的朋友，特别要好的朋友——你看照片里他俩多开心！"

"保罗·卡斯特尼是你妈妈的朋友？天哪，露西！保罗可是音乐界传奇，没接受过任何采访，行踪极其神秘——你妈妈居然认识他！我简直不敢相信！"

我也不敢相信。

就在那一刻，我突然豁然开朗。

我找到了让妈妈开心的答案。答案就是保罗·卡斯特尼。

照片背面的留言也是这么说的。我翻过照片，轻声重复道："你是我的快乐之源。"不知怎的，我觉得这句话特别真实。

我立刻打定主意，要不惜一切代价让保罗·卡斯特尼和妈妈重聚。他会让妈妈重新开心起来，变成照片里的样子，变成我的妈妈。

我激动得胃都揪了起来，这个主意太棒了。妈妈的幸福系于一位名人之手，那么事情就很好办了，至少我开始是这么认为的。我只需要找到保罗·卡斯特尼的电话号码，打电话给他，请他到我家和妈妈喝杯茶。然后在我俩的共同努力下，妈妈就能摆脱抑郁了。这计划简直万无一失。

当我正在脑海里重温计划的所有细节时，希拉阿姨回来了，打断了我的思绪。她手里拿着一大盒森贝儿公仔，说现在正是四处参观、打探虚实的好机会。她给了我和桑德每人五英镑，感谢我们帮忙看守摊位。

我没什么心情购物，但桑德却兴致盎然，于是，我只能一边在脑海里思考着各种计划和可能，一边和桑德一起四处参观。说实话，我简直想立刻冲回家开始调查保罗·卡斯特尼。我拽着他的胳膊，希望我们能走快些，赶紧逛完回家，但桑德却什么都想停下来看看！

“你看上去……挺开心？”当我拖着他走过一排褪色的皮夹克时，桑德终于开口了。

“开心？”我自己都没意识到。我也不是那种会把心情写在脸上的人。

“是啊，你平常都不怎么笑。”

“跟你比的话，可能没几个人算是爱笑的吧。”

他歪了歪脑袋：“你说得有道理。我妈妈说，大多数人都不会时常表露出开心的一面。”

“或许不是所有人都像你和你妈妈一样开心吧，桑德。”

“可是你现在很开心。”

“我只是正好运气不错罢了。”

他突然在一个摆满旧电子设备的摊位前停了下来："说到运气……快看那个！"

我扫视了一下桌子，可是没看到什么有意思的东西："什么？"

"这个！"他举起一部看起来年代极其久远的手机，眼里闪烁着兴奋的光，"我一直想有一部自己的手机。"

"等你初中毕业，你就会有手机了。"

"我爸妈没想给我买。我本来想，他们的巡回演出越来越多，给我一部手机，我们也好保持联系，但他们却总觉得手机很危险！"

"手机能有什么危险？"我问道（鉴于后面发生的一切，我这句话现在听起来很讽刺），"不过你爸妈到底在哪儿呢？"

"在美国。我妈是钢琴演奏家，在古典音乐界相当有名。我爸是她的经纪人。"

我对古典音乐毫无兴趣，甚至都怀疑世界上有没有出名的钢琴演奏家。于是我忽略了桑德的话，把话题转到了手机上："那你要买吗？"

他还没来得及回答，一个戴着鸭舌帽、眉毛又浓又粗的男人开口了："小孩，这个九英镑。"

"开玩笑吧，大叔？——这也太贵了！"桑德看着手机，极其夸张地叹了口气。

我从桑德手里把手机拿过来，仔细检查，看它值不值这么多钱。

鸭舌帽男人两条粗壮的眉毛像毛毛虫一样挤在了一起：“喂，小丫头片子，休想给我偷走，就算我抓不到你，老比尔也会抓到你的。今天这里可一直有警察巡逻。”

桑德很替我抱不平：“露西从来不偷东西，她是个非常好的人。”

我肯定脸红了。我喜欢听别人说我是“一个很好的人”，尤其是桑德这么说，因为他是一个很好的人，而我从没想过他也是这么想我的。

桑德压低了声音，用一种带点威胁的口吻继续道：“是的，一个非常好的人——只要她不打断别人的鼻子。”

鸭舌帽男人上上下下打量着我，仿佛在评估我的危险系数——说实话，我也很喜欢这种感觉。桑德的话给了我不少信心，我决定不让任何人怀疑我有什么偷鸡摸狗的行为。于是我盯着那家伙，用最坚定的声音说道：“我们不差钱。”然后举起了我的五英镑做证，“现在告诉我，这手机能用吗？”

鸭舌帽男人看上去有些吃惊，喃喃道：“可能得换块新电池，还得换个屏幕。”

这不是什么难事。我瞪了他一眼：“七英镑卖不卖？”

他揉了揉眉毛说：“八英镑，不能再少了。”

“成交！”

我把我的五英镑交给了那个人，并点头示意桑德也这么做。

桑德把他的五英镑递了过去，说：“露西，我不能让你为我破费！”

“没关系，桑德。我只不过是给了你三英镑买一部旧手机而已，又不是花了一亿六千八百万美元买一艘超级游艇。”

“罗曼·阿布拉莫维奇的游艇棒归棒，但他可能没有你这么棒的朋友。”桑德说道，准备上前拥抱我。

我往后退了一步：“桑德，冷静。”

桑德意识到刚才有点夸张，于是立马改回了那句口头禅：“我明白。”

我们回到摊位时，希拉阿姨已经有点慌了。“你们刚才去哪儿了？”她问道。这不是明摆着的吗？是她让我们四处去逛逛的。

不过我还是回答了她：“我们在摊位间转悠。”

“你们没看到那些警察吗？有一对囚犯越狱了，据说现在正逃到这附近。如果你们被囚犯劫持了，我一辈子也没法原谅自己。”

我很感激希拉阿姨的关心，但说实在的，在这光天化日之下，我在托特纳姆汽车集市被劫持的概率能有多大？

尽管有两个亡命之徒潜藏在四周，我们依旧和之前一样，是最后几个收拾离开的摊位之一。不知道为什么，我们要带回去的东西，好像比来之前更多了。

我们把独木舟绑回车顶，桑德说：“没能把独木舟卖掉真遗憾，希拉。”

希拉阿姨耸了耸肩：“把所有东西都卖掉肯定是不可能的。好了，你帮的忙也不小，要不一会儿上我们家喝杯茶？”

桑德认真地摇了摇头：“我也想去，但我得回家练琴了。我每天至少得练三个小时。假期结束时我还要考试。”

“一天三个小时！”我惊叹道，“你的手指一定很灵活。”

桑德举起双手，仔细地看了看：“我想是这样的。”

“一直丁零当啷的，不无聊吗？”我问。

“想要弹好，就必须得练习。妈妈是这么说的，妈妈也是靠不断地练习才走到今天这个位置的。”

希拉阿姨一边表扬他“你真有毅力，桑德”，一边拿眼睛看我，可能她想说我没什么毅力吧。“你最近在弹什么？”

“巴赫的A小调第二号英国组曲中的第四和第六乐章。”

我眨了眨眼：“这名字不咋有意思呀！”

“确实。”桑德承认道，“我不太喜欢古典音乐，但妈妈说我得先考级，然后才能选择想弹什么。她不是很喜欢我弹其他曲子。”

“那你自己喜欢什么？”希拉阿姨问。

“摇滚或流行吧，更贴近现代的东西，不过我真的很喜欢保罗·卡斯特尼。我知道他过时了，但他的音乐太……太美妙了，你知道吗？”

“露西的妈妈在八十年代曾经也很喜欢保罗·卡斯特尼。我们一起去听过好几次他的演唱会。”

“她喜欢他，真的吗？”我问道，一想到妈妈那张照片和我万无一失的计划，我的心就怦怦直跳。

希拉阿姨拉开货车门，爬上驾驶座："是啊，她可喜欢保罗了！可是我总觉得保罗有点笨笨的，喜欢穿很紧的皮裤，不喜欢在公众面前讲话。可能他觉得不说话显得更酷吧。不过他写的歌确实好听。"

希拉阿姨在"笨笨的"后面说的话，我完全没听进去，我脑海里只记住了一件事：妈妈特别喜欢保罗·卡斯特尼。希拉阿姨都这么说了！他果真是让她重获快乐的秘方。我站在那儿，手放在门把手上，想着怎样才能让他们重新见一面，直到希拉阿姨喊道："露西，亲爱的，这是门把手——你得拉一下才能把门打开。"

回到希拉阿姨家后，桑德帮着把独木舟搬回了客厅，然后看着我把床垫、枕头和睡袋重新放好。

他似乎有话要说，于是我直接问道："桑德，你怎么一直在这儿转来转去？你有什么想说的吗？还是你想出去划船？"

他点了点头，拖着脚走来走去："是这样，露西，所有六年级的同学都知道你很会修东西。"

他说得不错，在这方面我确实很有天赋，我知道他想说什么了："你想明天过来，让我帮你修修那部旧手机吗？"

"如果你不介意的话。"

尽管我目前还有"修复妈妈计划之邀请保罗"需要忙活，但我并不介意帮他，我很愿意帮他。我已经不记得上次请朋友来家里玩是什么时候了。在学校我有些朋友，但从没邀请他们来过家里，以免他们过问太多妈妈的事。显然，学校同学多多少少都知道我的情况，但我还是在努力对他们隐瞒全部情况，所以我到现在都没弄明白比利·格里斯是怎么发现这一切的。

但不知为什么，桑德给了我一种不一样的感觉。他好像什么都明白，好吧，也许是他那句口头禅的缘故。谁知道呢！但不管怎样，我喜欢他在我身边。

“嗯，我不介意。”我尽量让语调听起来很平静——不能让他知道我其实特别开心。

桑德则完全没有想要装酷的想法。他的脸上露出一个大大的笑容，嘴角都要咧到后脑勺儿了。“太棒了！爷爷奶奶肯定不介意我再来找你玩。谢谢你，露西。你最好了！”

他说我最好了，这句话对我真的很重要。我终于绷不住了——我发现自己也在对他微笑。

他从客厅走到门口，一路都朝我挥手再见。

8

保罗的电话号码

事实证明，我一直在忙着修理的那台相机完全是个大麻烦。第二天早上，当桑德站在小屋门口时，我正在发脾气，把相机扔到了门外。幸好桑德及时躲开了，否则可能就是一台砸在脸上的相机来回应他那句“今天天气真好，露西”了。万一把他的鼻子打断了，我可不愿意。

他把手机放在工作台上，仿佛那是全世界最珍贵的东西，然后递给我一张纸。

“这是什么？”我认出那些乱七八糟的蓝色数字是他的笔迹。桑德的字真的很难看，就像是拿脚写的一样，和他比起来，我的字可好看多了，不过现在不是说这个的时候。

他瞥了瞥那张纸，黑黑的脸涨得通红：“这是一个电话号码。”

一阵尴尬的沉默，我差点以为这是他的号码，幸好他解释道：“保罗·卡斯特尼的电话号码，确切地说，是他经纪公司的号码。”

我猜我大概张着嘴盯了他几秒钟——也有可能是几分钟。

“昨天……嗯……我感觉保罗·卡斯特尼对你很重要……或者说对你妈妈很重要。”

他这怪异的第六感确实太准了。我不知道他怎么猜到的，不知道他有没有猜到我的计划，我也不知道该怎么回答他。

所以我没像往常那样说谢谢，相反，我什么都没说。我摘下眼镜，在毛衣上认真擦了擦，然后开始用我那小小的螺丝刀拧开他的手机壳。有时候克服尴尬的最好方法就是假装它从未发生。

手机壳咔的一声打开了，里面有一张充值卡。我用最专业的修理师的口吻说道：“桑德，咱们来碰碰运气，说不定这张卡里还剩些钱。”

“可我的好运气已经用光了。”

“用光了？你只不过是在汽车集市找到了一部旧的手机而已。”

“我的意思是可以住在希拉阿姨家旁边，和你一起玩，这已经用光了我的好运气。”

我没敢把眼神从手机上挪开。看来桑德是一个内心毫不设防的人，但他在学校不这样啊。我好奇他为什么在学校只分享世界纪录，却从不分享自己的生活，也从没提到过他的家庭，比如他妈妈是位了不起的钢琴家这件事。不过话说回来，也许他说过，只是我没注意而已。

我犹豫了许久，还是决定问问他。当他扒拉着希拉阿姨修补过的一堆猫鼬玩偶时，我终于开口了。

“桑德，为什么你在学校只说些‘世界上最大的龙虾出现在一九七七年，有三分之二个斑点狗那么大’之类的话？”

“你还记得这些？”

“谁会忘记和狗一样大的龙虾呢？但说真的，你为什么不在学校里聊你的生活？”

他对着一只猫鼬玩偶耸了耸肩说：“我五年级刚转学过来时，要做自我介绍。我就讲了之前在伦敦上学的事，还向大家介绍了我的家庭，一一列举了我的叔叔阿姨，还有三十二个堂兄妹的名字。”

这部分我确实有印象。桑德当时讲了很久。难以想象一个小孩竟然有那么多亲戚朋友，而我只有妈妈和希拉阿姨两个家人。

“我还说我非常喜欢弹钢琴，希望有一天能成为一个流行歌手，不过即使没成功，我也会一直弹钢琴，因为音乐让我感到快乐。”

“好吧。”他这些话可能让比利和他的狐朋狗友们不爽了。

“我还解释了我为什么从小就喜欢世界纪录。我觉得了解人类做过哪些惊人的事情感觉非常棒。为了证明这一点，我还给你们讲了加雷斯·桑德斯的故事，他曾连续熨了一百个小时的衣服。”

这点我记得很清楚：“好吧，后来呢？”

“当时基钦老师笑着说：‘谢谢你的分享，很有趣。’但在课间，比利·格里斯和他的几个朋友跟我说，我是他们见过的最无聊的男生。我就不应该说话，除非真是特有意思的事。”

“比利·格里斯是个像龙虾狗那么大的浑蛋，桑德。你不该听他的。”

“可我不想让别人觉得无聊，只想让大家记住有趣的我。于是我决定，我只说最好玩、最有意思的事。还有什么比吉尼斯世界纪录更有意思呢？”

我当时应该告诉他，其实他自己比任何世界纪录都有意思。

但我没说。

我从希拉阿姨收集的充电器盒里找出一个充电器给手机插上，屏幕亮了起来。我查了下余额。

“今天真是你的幸运日。你手机里有十英镑余额！”

桑德的眉毛高高地耸起，仿佛被什么东西拉住了。

“你太会修东西了。”他把那张纸推到我旁边，朝它点了点头，“来吧，你先打个电话。不许拒绝。”

我很高兴他这样坚持。我自己的手机落在了学校办公室。打了比利的鼻子后，我忘了把它从学校拿回来。于是希拉阿姨说这个暑假没有手机就算是对我的惩罚了。这点我勉强可以接受——反正也没人会给我打电话，除了妈妈。

我拨通了这个号码，听着对面的铃声。

我深深吸了一口气，祈祷着这通电话能赶紧让妈妈高兴起来。

9

被挂断的电话

我拿着桑德新买的旧手机，按提示音一步步操作。先按 3，再按 4，接下来也不知道要按什么，只能等着电话里的提示。结果又回到了开头，我又按 3，再按 4，然后开始凭感觉按。按 1，按 6，再按 3，终于我听到了一个声音，听起来不太像我想象中的保罗·卡斯特尼，主要因为那是个女人的声音。

“需要帮忙吗？”女人用高傲的声音问道。

我用我最成熟的声音，就是那种专业修理师的口吻答道：“你好，女士，如果我能和保罗·卡斯特尼先生谈谈，我将不胜感激。”

“卡斯特尼先生不接受采访，也不回答任何问题。”

“哦，我不是记者，我只是非常需要和他谈谈。”

我想这话听起来一定很有说服力，因为桑德对我竖起了大拇指，然后那个女人说道：“可以问下是什么事吗？”

我清了清嗓子：“可以，您当然可以问。”

我停了下来，等着她提问。

过了一会儿，女人用略带惊讶的声音问道：“好的，那么，是什么事呢？”

我仍旧用最礼貌和成熟的声音回答道：“我将万分感谢能有机会和保罗·卡斯特尼先生谈谈，并诚恳地邀请他出席……”（这是我在希拉阿姨冰箱门上贴着的一张婚礼请帖上看到的一段话。）

“出席什么？”

“出席我家的下午茶聚会，和我妈妈喝杯茶。”

我流畅地说出来了。我朝桑德咧嘴一笑，想象着我、妈妈和保罗在厨房圆桌旁品尝千层面的场景。他们会聊起之前的事，聊起那些快乐的时光。妈妈一定会开心地笑个不停。一想到这些，我的嘴角就止不住地上扬。

直到砰的挂电话声打断了我的遐想。

之后我又打了五次，都没成功。这很令人沮丧。我正想试第六次时，桑德的电话突然响了。

我递给他："你的电话。"

他看上去很兴奋："谁会给我打电话？没有人知道我的号码。"

"接了就知道了。"

"你好，我是桑德·阿拉沃尔，这是我的新手机。"

桑德的脸在听到电话那头的声音后皱成了一团，他着急地说道："不……我不认识你说的那个人……是的，这是我的手机，我刚买的……"突然，他的眼睛瞪得老大，"不……不是我偷来的，我买的。不……我不认识斯坦，也不知道他在哪儿。我住哪里？我不能告诉……"

幸好电池突然没电了，电话也断了。桑德站在原地，盯着手里的手机，仿佛那是一只死老鼠。

"怎么了？"我问。

"我不知道。电话那头那个人好像很着急，他想找一个叫斯坦的人。"

"斯坦？你认识斯坦吗？"

桑德摇了摇头："我猜这可能是斯坦的手机。"

"不，这是你的手机。你花钱买来的。"

"那人好像着急想找斯坦。"

"没事，别担心。可能是打错了。就算这手机之前是斯坦的，我们也没法给他退回去了，汽车集市不支持退货——这是规矩，希拉阿姨是这么告诉我的。”

这句话似乎让桑德安心了一些，他勉强挤出一个微笑：“我们给它充会儿电吧，等会儿再给保罗·卡斯特尼先生打电话。”

我叹了口气。想见到保罗·卡斯特尼比我想象中困难多了。

桑德把手搭在我肩上：“别灰心。真正想要的东西，要付出真正的努力才能得到。想想贝卡·斯旺森。”

“这是谁？”我小心翼翼地问。

“贝卡·斯旺森，通过自己的坚持和努力，创造了多项世界纪录，她一次能举起十只帝企鹅那么重的重量。”

“帝企鹅很大呀，那抵得上很多只小企鹅了。”

桑德举起拳头喊道：“坚持不懈，梦想实现！”然后招呼着我和他碰一下。

我想了一会儿，然后伸出手碰了碰他的拳头。“我猜如果贝卡·斯旺森能举起十只帝企鹅，那我也能找到保罗·卡斯特尼。”

“我们会找到方法联系上保罗·卡斯特尼先生的！”桑德说，“大不了就亲自去伦敦找他。”

我说：“桑德，你这个主意真不赖。”

10

世界纪录挑战者

桑德很高兴帮我想到了找到保罗·卡斯特尼的方式，他站在我旁边，高高挺起胸，仿佛一只骄傲的鸽子。我打开希拉阿姨的笔记本电脑，进入搜索页面。

“多亏了你，我现在知道该怎么和保罗·卡斯特尼取得联系了。”

“不用谢。”桑德笑着说，然后又皱起眉头问道，“所以到底怎么联系他？”

我用最自信的声音说道：“我要上他的节目，去打破世界纪录。”

桑德张了张嘴，又闭上了，眉头皱得更厉害了些，看来他对我的计划有些疑问。

我耸耸肩，开始敲键盘：“没问题，打破一项世界纪录能有多难。”

桑德惊讶地看着我，好像我突然长出了尾巴一样：“露西，打破世界纪录是非常困难的。很多人一生都在努力掌握一项技能。你不可能随随便便就学会一个。”

“那个鼻毛很长的家伙呢？他应该没费多少力气吧？”

“你是说你要去参加《世界纪录挑战者》，因为你鼻毛很长？”

我瞪了他一眼：“我可没这么说。”

“要我说你的鼻毛只是比一般人长一点点而已，但绝没到能打破世界纪录的程度。”

“你！我不是……”然后我意识到桑德是在开玩笑，“哦，真好笑。”

我输入“世界纪录挑战者”，然后进入官网页面。

“你看，这里写了你需要进行在线申请，还有十天就截止了！如果申请通过，我们一周后就能在现场观众和保罗·卡斯特尼面前试镜了！最后他们会选出试镜最好的片段在电视上播出。十天时间足够我找到一个能打破的世界纪录了。”

桑德做了个鬼脸：“十天没多久。”

“十天足够了。我只需要找到一个我能打破的世界纪录，通过申请，去试镜，上节目，赢得比赛，然后在后台找机会和保罗·卡斯特尼聊聊，邀请他到我家来和妈妈见面，然后妈妈就能重新开心起来了。”我讲着我的计划，心里却感觉这几乎不可能实现，从桑德的眼神里，我能看出来他也是这么想的。

“你真的觉得能做到吗？”

“我非做到不可。”我用尽全力，但依然压制不住声音里的绝望。我完全不敢看桑德的眼睛：“我需要妈妈回来，我很想她。”

桑德认真地盯着我，然后点了点头：“你说得对。你能做到，但不是你一个人。”

“你要帮我吗？”

“是的，我很了解世界纪录——你需要我的专业知识。”

“你说得对。”

“况且，我一直都很想见保罗·卡斯特尼。他是个传奇，说不准他会让我为他伴奏，然后和他的唱片公司签约。”

桑德满含期待地看着我，似乎想让我说些鼓励的话。

但我没能说出口，只是念叨着：“嗯……”

桑德眼睛眯成了一条缝：“嗯……什么？”

我不想让他的希望彻底破灭，所以我说：“嗯……是的。

你说得对，谁知道呢！如果人的鼻毛能有马鬃那么长，那么你也能和保罗·卡斯特尼签约。”

他笑着说：“我也是这么想的！”听起来似乎不太靠谱，但我还是决定试试这个计划。

“我们应该先列出一份我有可能打破的世界纪录的清单，然后逐个尝试。”我建议道。

“去吉尼斯世界纪录网站看看吧，可能会有些灵感。”

“好主意。”

我点开了一张西瓜的图片。我喜欢西瓜，也许我可以通过西瓜来打破世界纪录。

“一分钟内用头砸碎最多个西瓜的世界纪录。”桑德在我身后读道。

我点开视频链接，然后全程和桑德一起张着嘴，看着视频里来自巴基斯坦的穆罕默德·拉希德在一分钟内用头把49个西瓜砸成了两半。我原以为我知道什么是蛮力，但拉希德先生把我的认知提升到了一个全新的高度。

桑德呼出一大口气：“怎么样？想试试吗？”

我耸了耸肩：“试呗，为什么不？”

小屋的门开了，希拉阿姨走了进来，手里捧着一个盒子，上面印着“皇家牛舌（100罐）”。

“你好，希拉，你今天看起来很强壮。”

“谢谢夸奖，桑德。”希拉阿姨把盒子放在地上，然后坐在了上面，“你们在干什么？准备搞恶作剧吗？”

我迅速将用头砸西瓜的视频最小化。我不想让希拉阿姨知道我的计划，免得她不同意。她肯定要说这会沦为一场灾难。于是我决定分散她的注意力：“没什么——你买一百罐牛舌干什么？”

她回答道：“以防万一。”好像这是世界上最稀松平常的事情一样。

桑德说：“我明白。”

我不确定桑德是不是真的明白，我想应该只是出于礼貌吧。我现在能想到的画面，就是在世界上的某个地方，有一百头牛没法用舌头舔嘴唇了。

希拉阿姨发现了躺在地板上的相机，捡起它问道：“有什么进展吗？”

我叹了口气：“没有，不知道为什么就是修不好。”

她把相机递给我，摸着我的脸安慰道：“会有办法的。我来是想告诉你，你妈妈想今晚和你通电话。”

我感到心里咯噔一下：“真的吗？”

“她很想你，露西。”

我艰难地咽了口唾沫。我不想在桑德面前流露出太多情绪，但当我说“那太好了”时，声音听起来还是有些不对劲。

希拉阿姨把我的一缕头发挽到耳后说："太棒了。你们两个下午准备干什么？外面天气这么好，待在室内太可惜了。"

"我们准备去商店。"

"好的，别买太多糖。如果身体里血糖指数太高，肾脏负担就会比较大，最后你的尿液里也会含糖。"

"糖味的尿吗？"听起来好像不太糟。

希拉阿姨严肃地点了点头："是的，糖尿。"

"不用担心，希拉。我们不准备买糖，我们想买些水果。"

希拉阿姨在她的牛舌王座上直起了身子："太好了，桑德。相信你会给露西带来很多积极的影响。"

我猜如果她知道桑德准备站在一旁，看着我把头砸向五十个西瓜，她肯定不会这么说。

希拉阿姨把手伸进口袋，掏出一张皱巴巴的五英镑钞票递给了桑德。

"买水果的钱。"

桑德接过纸币，得意地笑着对我说："瞧见了吗？我很有影响力。"

由于不知道该怎么反应才好，所以我什么也没说，而是把注意力集中在了真正重要的事情上。通过这个超棒的西瓜计划，妈妈就能重新开心起来了。我有预感，这事一定能成。

但感觉有的时候真的不一定准。

11

用头撞西瓜

由于我的自行车不在希拉阿姨家，所以只能让桑德载着我去超市。超市架子上只剩下一个特别小的西瓜，可当我们去结账时，我简直不敢相信自己的眼睛，这个小西瓜竟然要三英镑五十便士！这么小的一个水果，竟然要三英镑五十便士！这钱都够我们买十瓶果汁，尿出非常甜的尿了。

我一路像抱小宝宝一样抱着西瓜回了家。桑德给它起名叫威尔伯，而我发现自己总会下意识地抚摸它光滑的绿色皮肤。

事后看来，我们可能用情太深了。当桑德把威尔伯挂在

爷爷奶奶的花园墙上，让我用脑袋去撞时，我犹豫了。

我看了看威尔伯，又看了看桑德，又看了看威尔伯，然后说：“我感觉我没法把它撞成两半。”

“我明白。你想换别的世界纪录？”桑德问道。

我仔细想了会儿：万一这就是我的特长呢？万一我天生擅长撞西瓜呢？不试试怎么知道结果？毕竟这都是为了妈妈。

我最后一次抚摸了威尔伯深绿色的皮肤，嘴里嘟囔着：“对不起，但我必须这么做，希望你能原谅我，威尔伯。”

它没有回答，但我想它很可能明白了我的话。我把眼镜递给桑德，向后退了一步。

我把头对准威尔伯，踮起脚，模仿着视频里拉希德先生的姿势，朝威尔伯撞去。

威尔伯和其他西瓜不一样，它很特别。它比其他西瓜要硬，硬得多。当我用头撞向它时，它砰的一声砸到墙上，然后弹到了桑德怀里，毫发无损。

可是我却刹不住了，脑门儿直接撞到了墙壁上，起了一片瘀青，脑袋也疼得厉害。

重要警告！重要警告！

千万千万不要用头撞西瓜。

这是非常非常糟糕的想法。

听我的没错。

桑德把我和威尔伯送回了希拉阿姨家，这样我可以拿点冰袋敷在脑袋上。希拉阿姨正在把蛙卵似的东西筛进保鲜盒里，她一看到我的样子，就立刻忙活了起来。我猜她肯定喜欢处理这种小的紧急事件。

“你这是怎么了，露西？”她搬出一个凳子让我坐下，递给我一包毛豆让我压在额头上。

我当时一定是脑子里太混乱了，所以才不小心说了实话：“我把脑袋撞在了桑德爷爷奶奶家的墙上。”

她扶额问道：“你撞墙干什么？”

“我不是故意要撞墙的，我是想撞威尔伯。”

“我的天哪！”希拉阿姨也拉出一张凳子坐下，“我以为你打比利只是一时冲动，可现在你又想用脑袋撞人……露西，一定是妈妈的事让你压力太大了……”

“威尔伯不是人。”我一边说一边不停眨眼，眨完左眼眨右眼，我不确定悬浮在眼前的这些小星星是真的还是假的。

可能是我的动作让她以为我被撞迷糊了，所以她转而问桑德：“什么叫不是人？”

“没错呀，确实不是人。”

“不是人是什么？”

“是个西瓜。”桑德说着，把威尔伯举了起来。

希拉阿姨愣了一下：“桑德，你脑袋也被撞了吗？”

“没有，我今天没被撞。”

“露西，麻烦你告诉我，你为什么要拿自己的脑袋去撞一个西瓜？”

即使我现在还晕晕乎乎的，我也知道不能告诉她真相，所以我说：“我们在玩游戏。”

“真是个非常蠢，非常蠢的游戏。我说，你们玩点跳房子之类的不行吗？”她把手伸出来，对桑德说，“交给我，我要没收威尔伯——就是这个西瓜。”

桑德有点不情愿，但我们都明白，这回希拉阿姨是认真的，他只好把威尔伯交了出去。

希拉阿姨把威尔伯夹在腋下说："一会儿给你妈妈打电话时，最好别提西瓜的事。"

"嗯，我们不会告诉她的。"我低声回答道。尽管我已经习惯了向妈妈隐瞒生活中不开心的事，但有时候，这种不能分享所有事情的感觉，还是让我有点沮丧。

希拉阿姨大概是注意到了我情绪有点低落，安慰我说："别愁眉苦脸了。你妈妈等不及要和你通话了。"

我点了点头，我也想和她聊天，虽然不知道该聊些什么。

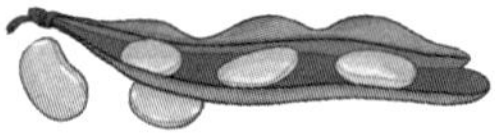

当晚，为了让大家互相熟悉，希拉阿姨专程请桑德和他的爷爷奶奶过来喝茶。当时我还很开心，以为正好可以借此机会分散注意力，不用老想着和妈妈通电话的事。我当然很想和妈妈通电话，可是一想到要和她通电话，我的心就怦怦跳。如果到时候没话说怎么办？会不会尴尬冷场？如果她还是情绪低落，不愿意多说话怎么办？

桑德的"大太"——他是这么称呼奶奶的——对希拉阿姨的南瓜烩饭赞不绝口，尽管这道菜不管卖相还是口感都和婴儿辅食差不多。大太身材矮小，和我差不多高。她脸上布满皱纹，但面相和善，每次和我说话时，都会抚摸我的手背。我很快就喜欢上了她。她当晚心情很好，桑德的一个表姐马上要结婚了，这意味着整个阿拉沃尔家族又会聚在一起。听起来真棒呀，我不禁有些嫉妒桑德，尽管我知道嫉妒并不好。

桑德叫爷爷“大大”。大大穿了件灰色V领套头衫，脖子上系着一条色彩鲜艳的领带，手上戴着一枚大金戒指。我们吃完烩饭后，大大拿出一副纸牌摆在我眼前。

“选一张牌，随便选。”

大太摇了摇头：“现在不是玩这个的时候，亲爱的。”

桑德翻了个白眼，笑着对我解释道：“大大正在学习变魔术。”

“那太棒了，”希拉阿姨说，“我喜欢魔术。”

我猜桑德大大可能刚学魔术不久，他试了六次，还是没猜中我选的是哪张牌。不过后来，大太在地板上发现了那张牌，问道：“这是你的牌吗，露西？”我想大太可能才是真正的魔术师。

希拉阿姨问我们想吃哪种甜点，是水果沙拉还是起泡酸奶。当然，她没说起泡，只说了酸奶，就好像它和我们平常喝的酸奶没什么两样。

我和桑德担心威尔伯被做成水果沙拉，赶紧叫道：“要酸奶！”希拉阿姨看我们这么急切，以为我们都很喜欢起泡酸奶，她给每个人都端来了超大一份。实在是有点对不住桑德的爷爷奶奶了，但我们也没有办法。

吃完甜点，希拉阿姨从大大口袋里抽着怎样都抽不完的手帕，我则和桑德回到小屋里，继续研究他的手机。手机开机后，上面有十五个未接来电，来自同一号码，还有一条未读短信：

斯坦，搞定了。D。

我让桑德别理它，直接删除就行。

阿拉沃尔一家走的时候，还带了一盒他们可能并不想要的南瓜烩饭回家。希拉阿姨说，现在给妈妈打电话正合适。我的胃里突然一阵翻滚，心里也有些难受。这边我和桑德一家玩得那么开心，那边妈妈却被困在医院的病房里，郁郁寡欢。希拉阿姨已经在拨号了，我深吸一口气，试图让混乱的思绪平静下来。

她是我妈妈，给她打电话不应该是件难事，可我就是觉得好难。

我想，当你真的爱一个人，却不能和他在一起时，这种感情就会变形，让你无法真正看清这个人。

12

和妈妈通话

自从上周妈妈进了医院，我就一直想和她通话，可当希拉阿姨真把手机递给我时，我却退缩了。希拉阿姨看出我的异样，亲了亲我的鼻子，安慰道：“没事的，孩子，你妈妈真的很想和你说话。”

刚开始我一句话也没说，只是静静听着妈妈的呼吸声，想分辨出她是不是还在难过。她可能知道我在电话这头，于是开口问道：“露西宝贝，是你吗？我听到你的呼吸了。”

“是我，你怎么样了？好点了吗？”我感到一股强烈的情感涌上心头，声音都颤抖起来。

“快好了，宝贝，妈妈在努力恢复了，真的。对不起，宝贝，是妈妈不好。”

我很讨厌她说这样的话。我不要她批评自己，我只想她赶紧好起来。

我们俩都沉默了。我知道她在哭，后来她吸了吸鼻子，努力用平静的语调说道：“你和希拉阿姨相处得怎么样？”

我看了看希拉阿姨，她好像专心在厨房忙活，完全没注意这边的情况，但其实我和桑德在他们喝茶的时候就洗好碗筷了。

“嗯，她对我很好。”我降低声音悄悄说，“可她现在开始做自制酸奶了。”

我说这话时，妈妈好像努力笑了笑，然后她说：“听她说你交了个新朋友。太好了，你终于有朋友了——我的意思是，终于有人能陪你聊聊天了。”

“也许吧。”不知道为什么，我不想和妈妈谈论桑德。也许我想的是，她得自己先好起来，然后再来关心我。

“你们会谈心吗？我知道你不喜欢和别人讲自己的事。但我们得把自己的烦恼和不开心讲出来，否则它们只会越积越多。”

“差不多吧。”我知道我在逃避，可她真的有资格指导我吗？出问题时，我会去修理，而她只会睡觉。

下一秒我就后悔生她的气了，因为她说：“露西，妈妈很爱你，你知道吗？告诉妈妈你知道。”这让我不免有些内疚。

“我知道。”

“我只是太累了，特别特别累。”

“我知道，我向你保证，我可以让你好起来，真的。”

“傻孩子，照顾我不是你的责任。你应该像其他孩子一样开开心心，快快乐乐的，而不是每天为我担心。妈妈想让你在希拉阿姨家再待一阵子，好吗？多亏有希拉阿姨照顾你，我现在恢复得很好。”

我使劲咽了口吐沫，然后又深吸了口气，才艰难地吐出那个“好”字。

“别难过，过不了多久你就可以来看我了。伊芙——就是照顾我的护士姐姐——想让你来帮我做家庭治疗。”

“好。”我回答道，其实之前我也去过一阵子，治疗确实有一定作用，但时间一长就没效果了。不过只要是为了妈妈，我做什么都愿意。

“真好，能听听你的声音，知道你一切都好。告诉妈妈，你挺好的，对吗？”

“我很好。我发誓，我真的很好。”

“好的，我得挂了，妈妈爱你。”

“下次见？”

“好的，下次见。”

“再见，我爱你，妈妈。”

希拉阿姨一定听见了我们的对话，我刚说完，她就从我手里接过手机，进了客厅。我坐在凳子上，从水果篮里拿出威尔伯，把它紧紧抱在怀里。妈妈的状态依然很不好。

我把脸贴在威尔伯的肚皮上对它说：“必须得赶紧找到我能做的事了，我必须打破一项世界纪录，这样才能见到保罗·卡斯特尼，然后让他和妈妈见面。等妈妈见了他，她肯定就能开心起来了，一定的。”

威尔伯没有回答我，而这时，希拉阿姨却回到了厨房：“露西，我感觉我们得谈谈你和这个西瓜奇怪的关系。”

13

挑战夹夹子

鉴于西瓜挑战基本失败，我必须尽快找到其他可以挑战的纪录。

我嘱咐桑德周二早上练完琴后去小屋见面，然后一起找新的世界纪录。我本来想让他早上直接过来找我，结果他说：“要想打动保罗·卡斯特尼，和他的唱片公司签约，我就得坚持不懈，努力练琴。”这让人有些恼火，我觉得他应该全力帮我找到一项能打破的世界纪录，而不是专注于让保罗助他成为流行音乐明星。

希拉阿姨正在给房子做大扫除，这是每月例行项目。正当桑德和我在搜索世界纪录时，她突然闯进来提醒我们别用厕所，马桶座圈上有漂白剂。听见这话我很欣慰——不是因为漂白剂，而是因为她的提醒。上次她就把这事忘了，结果我屁股上很长一段时间都有一圈红印。

网站加载的时候，我开始琢磨这个计划能不能行得通。我问桑德："我一定能做点什么的，对吧？我一定能有方法让保罗·卡斯特尼注意到我，然后拜托他让妈妈重新开心吧？"

桑德看着我的眼睛，毫不犹豫地回答："绝对的。"这让我不那么焦虑了。

我点开了一张一个女孩的图片，她穿着镶满珍珠的淡紫色紧身衣。我仔细读着底下的说明。

"用后背挤破最多气球的世界纪录。"我皱着眉看着桑德，"用背怎么挤气球？"

"靠在墙上？"

"我不想做任何和墙有关的事了。"

我点开视频，只见紧身衣女孩正在向后下腰，这姿势看起来对内脏一点儿好处都没有。然后，她突然像一只愤怒的螃蟹一样扭动起来，用拱起的后背把气球一一挤破。

"哇，她真灵活！"桑德惊叹道。

由于我是班上唯一一个不会做前滚翻的人，我说："我在体操方面没什么天赋，还是再找找别的吧。"

我点进另一个页面，当我看到上面的图片时，直觉告诉我，这个事我能做。

我指着屏幕问桑德："这是什么？我肯定可以做这个！"

桑德露出一个微笑："哦，是的，在脸上夹最多夹子的人，你肯定能打破这个纪录。"

"我需要夹多少个？"

"目前的纪录是 161 个。"

"所以，夹 162 个，我就能打破纪录，将现在的冠军加里·特纳挤下宝座？我看能行。"

桑德点了点头："加里·特纳要完蛋了。"

我一跃而起，充满斗志地大喊道："去厨房！"

我有一种良好的预感：我的脸很适合夹晾衣夹子。

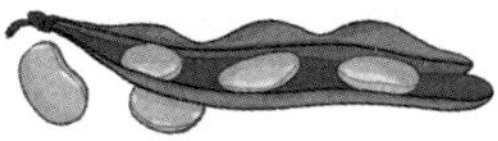

希拉阿姨在水槽下的一个旧冰激凌桶里刚好存了十七个晾衣夹子。

"要不我去爷爷奶奶那儿再拿些过来？"

"不急，我们先试一试，然后再慢慢往上加。"

这是我给你们的第二个重要警告：

绝对绝对不要往脸上夹夹子，

这是非常非常糟糕的主意。

相信我。

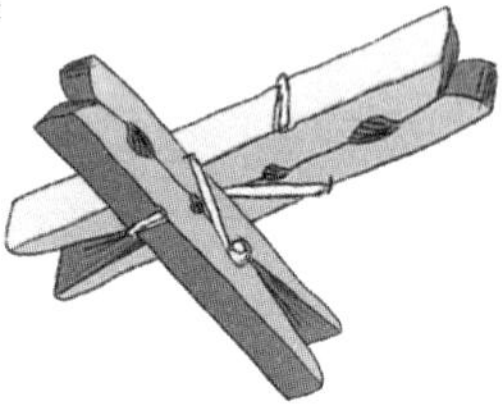

我靠在厨房工作台上，把盒子递给桑德："帮我夹上。"

他摇了摇头："我可不敢。我怕伤着你。"

"你不会伤着我的。你只用帮我把它们夹在脸上就行。从脸颊开始吧。"

桑德耸了耸肩："好吧，听你的。"

他从我脸上取下眼镜，挨着威尔伯放在水果篮里，现在我的视线一片模糊。然后他选了一个绿色的夹子，举到我面前："你确定要这么做？"

"赶紧的。"

他突然飞快扑向我，那夹子就像一条愤怒的小鳄鱼，张着嘴随时准备咬我一口。最后一刻我晃了一下，想要躲开他，结果他动作太快，我只感觉一股力量直接击中了我的左眼皮。

我是真没想到一个夹子竟能这么可怕。官网上的那张照片里，加里·特纳那张夹了 161 个夹子的脸上依旧带着微笑。现在看来，他很有可能长着特别有韧性的皮肤，而我绝对没有。

也不知道是因为被眼睛上挂东西的样子吓到了，还是真的夹得太疼了，我一腔怒气全都想撒在桑德身上。我冲着他咆哮："啊啊啊啊啊！你干什么呢？"

"不是你让我这么干的吗？"桑德挥舞着手臂，想抓住那个木夹子。但我却不停把他的手打开，不让他靠近我的脸。

说实话，我确实该给他道歉，但我此刻完全没心情。我满脑子都在担心我的眼皮会不会永久拉伤，一辈子都耷拉下来，遮住我的眼睛，像一个可怕的皮肤罩子。

"你说过不会伤到我的！"我继续尖叫，"快拿下来！快拿下来！"

"你但凡能消停一秒，我都能拿下来。"

"为什么要夹在眼皮上？我们可不是这么计划的！"

希拉阿姨像人形龙卷风一样冲进了房间（前提是人形龙卷

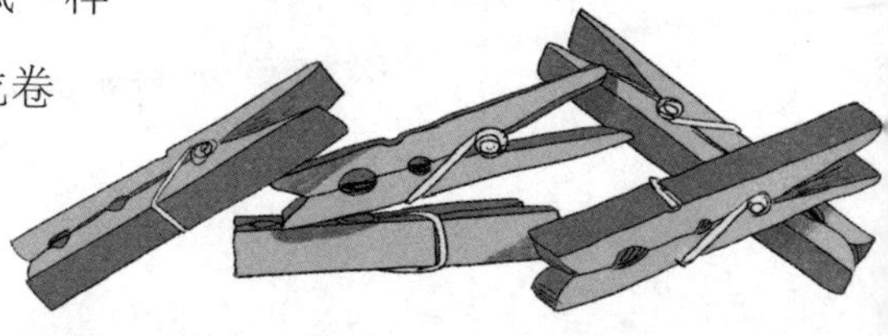

风会戴工业级清洁手套)。她刚一看见我就叫道:“你们俩干什么呢?”

她的紫色裙子闪闪发亮,头上还戴着一个绿色发圈,整个人仿佛一根忧心忡忡的茄子。“露西,你为什么要在眼皮上夹夹子?”

“桑德夹的。”

茄子阿姨转向桑德,他正蜷缩在冰箱旁。“别告诉我真是你干的!你为什么要在露西眼皮上夹夹子?眼皮很娇嫩的,有可能会永久拉伤!”

伴着希拉阿姨的怒吼,我呜呜地哭了起来,或许是因为她正好说出了我最害怕的事,又或许是因为长期受她影响,我也开始有些悲观主义了。

桑德低头盯着地毯,看上去可怜兮兮的:“对……对不起。我手滑了。我不是故意的。”

桑德太会道歉了,我心软了,叹了口气说:“不怪他。是我要他这么做的。”

希拉阿姨更搞不懂了,问道:“什么?你为什么要在眼皮上夹夹子?”

我不想说实话,所以我说:“我想试试是什么感觉。”

希拉阿姨抱着胸看着我:“是什么感觉呢?”

“不是很好的感觉。”我实话实说。

“事实上，是很糟糕的感觉。”桑德补充道。

由于我的眼皮问题还没得到解决，所以我说：“你们谁能帮我一下吗？”

希拉阿姨啪的一下把夹子拿了下来，不知道她为啥使那么大劲。

我摸了摸眼皮问道：“看着怎么样？眼皮变形了吗？”

“没有。但我不明白你怎么能干出这么荒谬的事。玩点正常的游戏不好吗？比如开车去伦敦，去泰晤士河边捡垃圾之类的。”

除了希拉阿姨，没人会觉得去河边捡垃圾是正常的游戏吧？而且捡的垃圾再多，也没法打破世界纪录，治好妈妈。我嘴上说着“嗯，行吧”，但语气却明确表明我并不想这么做，毕竟也没什么宝藏可挖。

希拉阿姨叹了口气，握住我的手说：“你能别再用脑袋撞墙，或者把夹子往自己身上夹了吗？太危险了！”

这回我认真地回答道：“我发誓绝对不做了。”因为当时我就确定，这不是我要挑战的世界纪录。

“这才对嘛，你的脸蛋那么可爱，可不能这么毁了，是吧，桑德？”

我不敢相信她居然问桑德我的脸蛋可不可爱。她在想什么？谁会去问别人一个人长得可不可爱，特别是当事人还在场的时候？我瞪了她一眼，希望她能感受到我的尴尬，但希拉阿姨只是笑了笑，好像什么都没看见一样。在那一刻，我特别希望把她变成一份帕尔玛干酪。

我从水果篮里抓起眼镜，然后把桑德从厨房里拖了出去，完全不给他回答的机会。我不在乎他怎么看我的脸。我只关心如何能让妈妈快点好起来。

我只想快点让她回家，和我住在一块儿，那才是她应该待的地方。而要实现这一目标，我就必须打破一个世界纪录，越快越好。

14

新的挑战

回小屋后，我还在生希拉阿姨的气。我很想把桑德吼一顿，让他别听希拉阿姨的话，尤其要忽略关于脸的那部分。结果他的手机响了，桑德立马挂断了它，不安地咬起了嘴唇。

“还是那家伙打来的？”我问。

他点了点头：“今天早上他打电话的时候我就说了，我不认识什么斯坦，还跟他说别给我打电话了。我说汽车集市上买的东西是不能退的，所以这手机现在就是我的，没的商量，就像你说的那样。”

“那他怎么说？”

“他说要出五十英镑买我的手机。”

“可是你拒绝了？为什么？！”

“我告诉他不管给我多少钱，我都不会卖掉它的。”

“为什么呀？”

“因为当时你也出钱了，所以对我来说，它是个礼物。我永远不会把礼物卖掉，特别是你送的礼物。”

我可不这么想。人们经常在汽车集市上卖自己不想要的礼物，我觉得没什么关系。但桑德这么说时，我还是开心地笑了。都怪桑德，总害我没法保持冷静。

我翻了个白眼，想掩饰笑意，说道：“可是桑德——那可是五十英镑啊！！”

他耸了耸肩：“那可是你送的礼物。”

我回头看了眼那部手机，它并不值钱，刚买回来时还不能用。“我想知道那个人为什么那么想要这部手机，还有斯坦到底是谁。”

“我也不知道——手机里什么也没有，只有一堆环岛的照片。”

我看了眼照片，我还以为是什么环岛呢，没想到是环形公路，我说：“这有什么可拍的呢？”

有那么几秒钟，我们俩都没说话，我试着去搞明白这些照片背后的意义，但失败了，桑德也搞不懂，然后我们就把这事抛在脑后了——毕竟环岛的照片能多有意思？更何况我们还有很多重要的事做，比如搜索世界纪录、治好妈妈等。

我坐在电脑前，伸了伸懒腰说：“目前网上的世界纪录太多了，我们得冷静下来。我不可能每个都试一遍，毕竟离报名截止只剩九天了，时间不等人。”

“同意，如果真想见到保罗，我们必须提高效率，直接排除那些技术难度过高的纪录。”

我不知道他所说的技术难度指的是什么，但我还是点了点头，补充道：“还要排除那些会弄疼我的纪录。”

搜索进展瞬间快了起来。

尝试当第一个让自由落体速度超过声速的女孩？算了吧。毕竟我不是宇航员，我想只有宇航员才有可能成功；而且说实话，我对水上乐园25米高的激流勇进项目都没什么兴趣，更何况是从38969.4米的高空往下跳。

一次性转超过200个呼啦圈？算了吧。之前我玩过很多次呼啦圈，所以我很清楚我的腰和腿并没有打破这项纪录的能力。

用不到9秒58的时间跑完100米？算了吧。这也太快了，而且在六年级运动会上，我跑步只得了第七名。

我感觉我们很有进展，虽然现在还没找到适合我的纪录，但至少缩小了搜索范围。可没一会儿，效率又开始下降了。

如果你登上吉尼斯世界纪录的官网，你就会发现，你很容易会被它们吸引，感叹世界上竟有这么多千奇百怪的事。而我和桑德则在看了半个多小时世界最大牙签雕塑展后，才意识到我们在浪费时间。我在干什么？我必须把注意力集中在让妈妈开心这件事上！

“看来我找不到能打破的纪录了。”我把脑袋埋靠在桌上，一边轻轻撞着，一边抱怨道。

正巧希拉阿姨进了小屋，她立刻冲我喊道：“露西！我刚刚怎么跟你说的？”

我停了下来，但头仍旧垂在桌子上：“你说让我别再伤害我的脸了。”

“孩子，我知道你心里难过，但你得把注意力转到一些健康的事上，而不是冲着家具、墙壁或者水果撒气。”

我没有抬头，而是用桑德惯用的敷衍口气说道：“好的，

我明白。”

“我现在要出去一会儿，去社区中心上山羊瑜伽课。你能保证我不在家时，不用脑袋撞任何东西吗，露西？”

“你要去干吗？”我怀疑自己耳朵出了毛病。

“山羊瑜伽，对身体好的。”

“和山羊一起练瑜伽吗？”桑德又确认了一遍，显然他和我一样困惑。

“是的。”希拉阿姨说，“现在你能向我保证了吗，露西？”

我点了点头，但脑子里还在想山羊瑜伽的事。

“很好。千万别让她犯傻，桑德。”希拉阿姨继续说道，跟她马上要做的事比起来，这句话听起来有点讽刺。

桑德并没明确回答，而是说：“祝你和山羊玩得开心。”

希拉阿姨在门口犹豫了一下，重复道：“在家乖一点儿。”

“我们会的。”桑德回答道。

“尤其是露西。”

她刚出门，我的注意力就回到了电脑上。“你觉得抛武士刀是犯傻吗？目前纪录是同时抛四把，我感觉五把的话应该不是很难。”

桑德放大了其中一把武士刀的镜头，看起来非常尖锐。“我不知道，你会吗？”

“没试过。”

“那我感觉同时抛接五把武士刀对你来说就是犯傻。”

“好吧。”我点击进入了另一个分类，上面写着“古怪人才”，“让我们看看还有什么别的。”

我划过几张照片，桑德突然喊道：“等等！那是什么？看起来好像你能做，也不会受伤。”

“一分钟内舌头碰到鼻尖最多次数纪录。”我看着桑德，电脑屏幕的光照亮了他的脸。

我喜欢这个纪录。用舌头碰鼻尖绝对不可能伤到我自己，绝对。

或者，至少我当时是这么认为的。

于是我说：“太棒了，我要打破这个舔鼻子世界纪录！”

“我终于要见到我的英雄了！”桑德微笑着朝我点了点头，“看来印度的阿希什·佩里要失去他的冠军头衔了。”

我看了下说明文字。“天哪，60 秒舔 142 下。真是条灵活的舌头。”

桑德把手搭在我的肩上说：“我相信你可以的，露西·罗伯逊。”

半秒之后，我抖了抖肩说：“好吧，让我们来打破世界纪录。俗话说——坏事不过三。”

直到现在，我都不知道这话是谁说的，为什么这么说。不过如果让我找到原作者，我一定要告诫他别老说瞎话，因为这规律在我这里没起到丝毫作用。

15

再次失败

桑德用他的新二手手机为我计时，我扎了一个夸张的马步以稳住下盘，虽然我也不知道为什么要这么做。

桑德清了清嗓子，用一种非常严肃的声音宣布道：“那我就从四开始倒数了？”

“好……等等。四？谁从四开始倒数？”

“啊？”

“一般倒计时都是从三、五或者十开始呀。从没有人从四开始。”

他摇了摇头：“不对。美国国家航空航天局发射航天飞机的时候，就是提前二十七小时开始倒数的。”

我朝他翻了个白眼：“所以你想提前二十七小时开始吗？”

“或者提前十九小时，提前十一小时，提前六小时，提前三小时，提前二十分钟……”

“行行行，就从四开始吧。”

他冲我咧嘴一笑，仿佛他赢了这场争论一样——好吧，他确实赢了。

他清了清嗓子，喊道：“选手准备好了吗？”

我呼出一大口气，对他竖起了大拇指。

“四，三，二，一，开始！”

我从嘴里伸出舌头，翘起来朝鼻尖舔去，可并没舔到，只是刚刚盖过上唇。

桑德浓密的眉毛皱在了一起。“伸长点，露西，再伸长点。舌尖离鼻尖已经很近了。”就好像他不说我就不知道一样。

我把舌头收回嘴里，准备用更大力气重新试一次。我再一次伸出舌头，然而依旧失败了，甚至距离鼻尖比上次还远。桑德歪着头，用一种可以称之为怜悯的表情看着我。但我不想让自己失望，也不想这么轻易放弃。所以我又试了第三次，这次改变了策略，试着让舌头一步一步从人中往上爬（人中是鼻子和嘴唇之间的那道凹痕，你们不知道没关系，我也是后来查到的），然而依旧不管用。于是我又采用最初的方法，

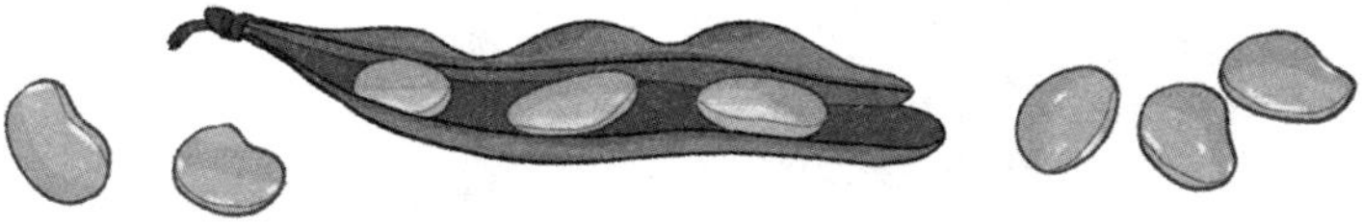

用最大力气从嘴里把舌头伸了出去。

我猜大概就是这时，我扯到了舌头上的肌肉。

是的，我扯到舌头了，舌头上基本全是肌肉，而我几乎扯伤了整条舌头。我的舌头非常非常疼。

我一头倒在沙丁鱼罐头堆里，用手捧着舌头，像捧着一块午餐肉一样。我叫桑德从冰箱里给我拿个冰袋，但他没听懂我的话，因为我以为自己喊的是“快去给我拿点冰”，但由于我正抓着舌头，这话实际上听起来是这样的：“快饿儿额冰啊！”

在一堆含糊不清的音节中，桑德终于明白了我的意思。可冰箱里没有冰块，于是他给我倒了杯冻毛豆，我快速把它们倒在了我可怜的、不断抽动的舌头上。

桑德站在我旁边，双手叉腰，满脸不解：“我感觉问题出在你舌头上。实话实说，你舌头怎么这么短？”

“更（真）的吗？”

“而且你鼻尖有点微微上翘。”

“偶（我）吗？”

“这是个生物力学问题。我感觉你的舌尖和鼻尖可能天生就碰不到一起，也绝不可能在一分钟内碰到 143 次。”

不得不承认，这点我同意。

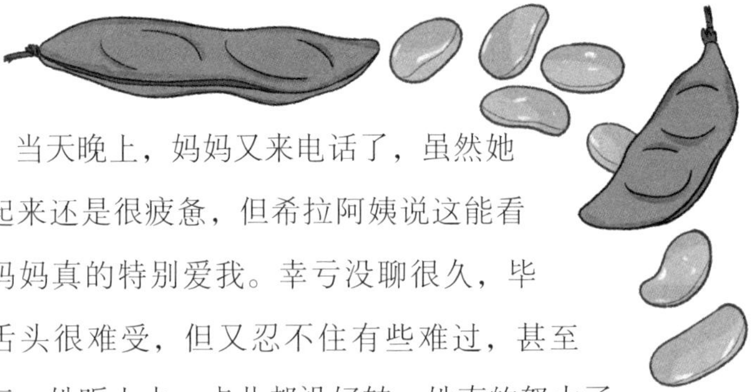

当天晚上，妈妈又来电话了，虽然她听起来还是很疲惫，但希拉阿姨说这能看出妈妈真的特别爱我。幸亏没聊很久，毕竟舌头很难受，但又忍不住有些难过，甚至生气。她听上去一点儿都没好转，她真的努力了吗？我知道我肯定努力了。我现在额头上有块瘀青，而且舌头很痛。

我想告诉她，我希望我的妈妈能快点回来。我妈妈是那个在约翰·路易斯百货的化妆品区买口红时，会跟着广播里的音乐跳搞笑机械舞的人。她不会早上连脸都懒得洗。我妈妈是那个因为我小时候害怕衣柜里有怪物，会给我的衣柜里挂彩灯的人。她不会连电费都忘了交，也不会让我连干净衣服都没有，只能穿着脏衣服去学校，让所有人知道我被列入了“特别关照”名单。

我想要的妈妈，会用香肠、豌豆和土豆在盘子上摆出笑脸。她不会让我看家里有什么吃什么。我想要一个关心我的妈妈，想要照片上那个人。那个眼中充满幸福的人，那个早上抱着我，对着我肚皮吹气，抚摸我的脸，告诉我她有多爱我的人。

但这些我都不能说，说了只会让妈妈更伤心，那样她就

更不会回来了。

当晚希拉阿姨把我抱进独木舟里时，我回避了她所有关于我奇怪口音的询问，最后我抽噎了起来。她吻了下我的额头，温柔地对我说："有你在真好，露西。"

说实话，住在这里我也挺开心的。我熟悉希拉阿姨，我知道每天会发生什么，不会有什么意外等着我——除了起泡酸奶以外。

希拉阿姨消失在了楼梯尽头。悲伤从我的脚趾慢慢爬了上来，经过全身，然后从眼睛找到出口。我告诉自己，可能是太累了，也可能是我身上三个地方都受伤了，又或者是我太想和妈妈在一起了。我只想让她赶紧好起来。

可能是由于以上原因，但我知道，其实还有别的原因。虽然说不出口，但我知道那是什么。

那个原因就是，我突然想到，也许不和妈妈一起住反而更容易些。这一点儿小小的想法让我非常讨厌自己。

我得让妈妈好起来。

我得让她好起来，这样我才会重新想和她在一起。

16

和桑德的争吵

第二天，桑德上完钢琴课后来希拉阿姨家一起吃午饭。他真的很勇敢，毕竟从他爷爷奶奶家飘出的饭香，比希拉阿姨做的烤甘蓝和甜菜根馅饼好闻多了。但桑德却说幸亏自己不在家，他说大大为了练魔术，把家里所有勺子都掰弯了，大太已经在爆发的边缘了。

“和魔术师一起生活一定很有意思吧？”桑德在门垫上擦脚时，我问道。

“不知道你看没看出来，反正我觉得大大算不上是魔术师。不过你说得没错，大部分时候挺有意思的。”接着他叹了口气说，“可我还是希望爸妈不要总不在家。”

“哎，你想他们吗？”我突然有些内疚，我从没想过桑德的爸妈也不在身边。

他咽了口吐沫，又清了清嗓子——大概是为了让自己的声音听起来很正常：“想呀，不过没事，你知道的，这不重要。”

“不！这很重要！为什么不早点跟我聊聊这些呢？”

他把手插进口袋里，整个人显得有些局促：“我觉得不太好。我是说，毕竟你比我困难多了。”

“我有困难不代表你不能向我倾诉你的烦恼呀。”

桑德在门廊前停下脚步，仔细盯着我，好像要看穿我一样：“可你就是这样的，不是吗？分担烦恼？露西，我觉得这正是你要努力的地方。”他说得很直接，但语气却很温柔。

我们俩都知道他说得没错。

然后大家都沉默了，这时希拉阿姨在厨房喊道：“别在外面晃荡了，吃饭了！”

我和桑德吃完那些勉勉强强可以称为食物的东西后，就回了小屋继续寻找我可能擅长的纪录。一点儿小挫折打不倒我，只要在八天内找到一项有可能打破的纪录，我就可以申请注册。可如果没找到，我就没机会了。

我正准备打开吉尼斯世界纪录官网继续搜索，桑德突然清了清嗓子说："露西，我想我有办法可以上节目。"

我抬起头："洗耳恭听。"

他从房间这头踱到那头："嗯，是这样，我在想……也许……要不……或者……"

"快说。"

"也许我可以去打破世界纪录。"

我没说话，只是看着他。

"我想，谁上节目并不重要，只要你能进现场就行。"

我还是什么也没说，但我认为谁上节目很重要。这个人必须是我。想修好妈妈的是我，所以上台的也得是我。

"你怎么想？"

"就你？你能做什么？"我承认我语气有点冲，但我确实怀疑，凭什么他就能比我更容易打破世界纪录？

他眼神闪了闪，说道："也许可以从钢琴上想办法。"

我用嘲笑的语气问："弹钢琴吗？"我的态度简直糟透了。

"是啊，这是个双赢的方法——我既打破了世界纪录，又向保罗·卡斯特尼展示了我的能力。"

"《世界纪录挑战者》这个节目想要的是看点和爆点。刺激的也好，精彩的也罢，甚至是恶心的都可以。但是弹钢琴，怎么说呢……"我犹豫了。

他抬起头直视我的眼睛："你说。"

我还是很犹豫。

他咬着嘴唇说："你说吧——钢琴有点什么？"

我叹了口气。我不想说，都是他要求的。"有点无聊。弹钢琴有点无聊。"

他转头不再看我，那双棕色的大眼睛里满是委屈，我顿时感觉自己是全世界最坏的人。明明知道音乐对他有多重要，却还是说了这种伤人的话，我觉得自己和比利·格里斯也没什么两样。

他望着别处，平静地开口说："我不想让大家无聊，我以为会很有趣。对不起，是我太自以为是了，以为自己可以和保罗·卡斯特尼一样被大家喜欢。"

然后他走了。

我没拦他，只是站在原地哭了起来。

一切都发生得太突然了。我好像哭了很久，过了好一会儿才让自己不掉眼泪，但还是呜呜咽咽停不下来。哭真的是一件特别消耗体力的事。等我终于平静下来后，我用袖子擦了擦鼻子，努力思考下一步该怎么办，但我心情很差，什么事也不想做。

我不想再尝试什么世界纪录了。我不敢去给桑德道歉，我怕他不愿意见我。真的，我什么都不想干。可是我知道，如果我什么都不干，我脑子里就会一直冒出去找桑德的想法，这想法像龙卷风一样在我脑海里肆虐，躲到哪里都没用。

于是那天下午，我把所有时间都花在修那台旧相机上。我用尽了所有办法，整个拆开了三次，用不太旧的零件换掉了太旧的零件，使劲摇啊，晃啊，敲啊，甚至求它、骂它，都没用。我又哭了起来——这吓了我一跳，我以为我的眼泪早就流干了。但这一切都毫无作用，我开始怀疑这台相机是不是彻底坏了，或者是我能力不够，回天乏术。

希拉阿姨走进小屋时，我正鼻涕邋遢，泪眼模糊地和几个相机零件吵架，我把它们拿到眼前，大喊："为什么就是修不好你们？"

希拉阿姨从我手上拿过零件，把它们轻轻放在工作台上，扭头问我："要休息会儿吗？"

我猛地把头埋进她柔软的粉色开襟毛衫里，她抚摸着我的头发，我又一次大哭了起来。

希拉阿姨安慰我："这几天你又是对相机大喊大叫，又是用头去撞西瓜，是不是心里太难受了？别害怕，你现在的所有感受都是正常的，知道吗？"

我实在太难过了，完全没力气开口说话。

"这一切都不是你的错，明白吗？"

不对，这就是我的错，这一切都是。我没办法让妈妈开心起来，还对桑德冷嘲热讽，即使他再也不原谅我了，也情有可原。他那么想帮我，我根本不配有他这么好的朋友。

说真的，我这辈子从没这么难受过。

17

要去道歉吗？

第二天早上，希拉阿姨两周一次的例行消防演习成功把我吵醒了，但我没心情理会那不停哀号的警报声，而是直接把头埋进枕头里。在这里才住了一星期，我就已经知道，该来的总会来。

等了半天也没见我出现在草坪垃圾桶旁的消防疏散点，希拉阿姨冲进来关掉了警报器，大叫着我的名字，可我仍然把头蒙在枕头里。我真没心情管什么消防安全，桑德的事依旧让我堵得慌。昨晚我一直辗转反侧，一会儿后悔伤了桑德的心，一会儿又觉得都是桑德的错——谁让他假装帮我完成挑战，实际上却在为自己打算！再然后，我又开始埋怨自己。

“你耳朵聋了吗？”希拉阿姨怒气冲冲地说。

我当然听得见啦，不过我还是说：“你说什么？”

“我说你听不听得见——哦，我明白了，装傻是吧？行，等房子真着火了，你就不是装傻而是真傻了！”

“烧死我吧，这样我就感受不到痛苦了。”

“别瞎说，烧死才是最痛苦的。赶紧起床，去消防疏散点登记。”

“不想去。让我安静待会儿吧。”

希拉阿姨坐到我的床尾，独木舟顿时倾斜向一边：“我知道你难过，但你妈妈——”

她这句话突然莫名让我火大，我大声喊着：“和她没关系！不是什么事都和她有关！”

她突然掀开枕头，把脸杵到我面前，问：“那和谁有关？”

“不想说。”

“说嘛，露西，说出来舒服点。”

“我说了我不想说。”

“那你想怎么样——躺在床上生闷气吗？”

“我没有生闷气。”

“好吧，不想和我说的话，要不和桑德聊聊？”

“我不和他聊！”

她倒吸了口凉气，热烘烘的呼吸直直打在我脸上："原来是桑德！你们吵架了？"

我不喜欢她那大惊小怪的语气。

"没有！和他没关系，是我自己的事。他想帮我，可我不想他帮。不是，我想他帮，但不是这么帮。他应该知道我想他帮什么，不想他帮什么。"我知道我逻辑混乱，但是无所谓了，反正我很生气就是了。

希拉阿姨把枕头从我俩头上扯了下来，我这时才看清她穿了一件亮眼的消防背心。希拉阿姨接着说："好的，明白了，看来确实和桑德一点儿关系都没有。"

她一边说着，一边用一副她什么都懂的表情看着我，我不禁有些心虚。

"你不明白，是因为他太讨厌了，我才对他那样的。"

希拉阿姨歪着头，眼里好像有些失望，这表情让人特别火大。她说："对他哪样？你欺负他了？可怜的桑德，你得跟他道歉。"

"我才不道歉呢。我就要在床上躺着。"我心里真正想的是桑德能过来跟我道歉。

希拉阿姨左侧的眉毛向上翘了起来，两个鼻孔微微张开，显然是一副完全不赞同的表情。这当然不是我想看到的表情，所以我也抬头用鼻孔对着她。

“你怎么能替他说话？你应该站在我这边。我都跟你解释这么久为什么是他的错了，你应该支持我才对！”

“我永远支持你，露西。但是，指出你的错误，也是支持的一种方式。”

“我没错！是你们错了！别烦我！去做你的酸奶吧！”我把睡袋重新拉回头顶，因为生气，睡袋里变得特别热，但我也不想探出脑袋让她看见我。

我听到她哼了一声，然后独木舟摇晃着回到了原来的位置，她大步走出了房间。

厨房里发出了丁零当啷的声音，也许她想借此告诉我她在做酸奶，看来我赢了，我有些得意，就连她已经从厨房里走出来了我也浑然不知，依旧沉浸在刚才的沾沾自喜中。

“露西？”她叫了我一声，还没等我回答，一大盆水倾盆而下。

我立刻从睡袋里跳了出来，站起身，冲她喊道：“你……你干吗呢？”

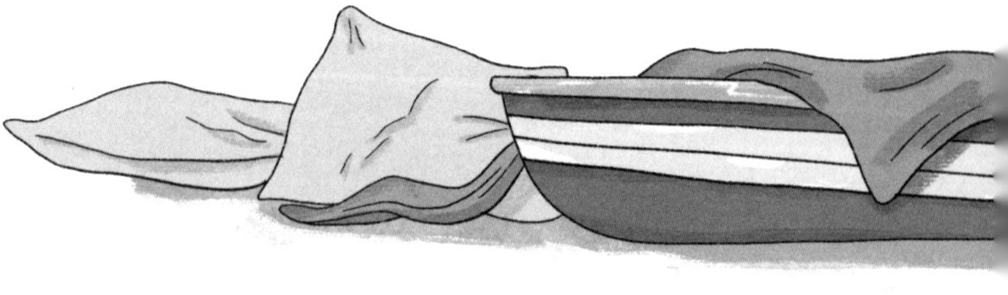

她的声音异常冷静："三个原因。第一，你完全被怒气冲昏了头；第二，我是消防队长；第三，我现在就想这么干。"

我目瞪口呆地看着她，水从鼻尖滴到地上："真想不到你会这么干。"

"现在你能想到了。"

"这算什么？严格的爱？"

"不，这是温柔的爱。现在，立刻去隔壁跟桑德道歉。你知道该这么做，而且说出口你也会好受些。"

“好吧。”我妥协了，但还是故意夸张地叹了口气，“可我现在很生你的气。”

她耸耸肩：“这个我可以搞定。”

我也相信她能搞定。说实在的，我觉得她什么都能搞定。

18

朋友之间

换掉湿漉漉的睡衣后，我情绪缓和了些，于是走进厨房给了希拉阿姨一个大大的拥抱。我把头埋进她怀里，她夹克上的尼龙扣扎痛了我的脸，但我毫不在意。

我用特别冷静的声音问道：“如果他不原谅我怎么办？”

她抬起我的下巴，盯着我的眼睛说：“他会原谅你的。”

我抓起威尔伯，把它当作求和礼物，朝隔壁走去，却看见一辆警车停在桑德祖父母家门外。我又犹豫了起来，结果还没等我按门铃，桑德就打开门偷偷溜了出来，又轻轻把门关上。看他脸上的表情就知道是出事了，我却站在门口抱个西瓜，别提有多别扭了。

“出什么事了吗？”我问。

“家里昨晚进贼了——”

“这么恐怖！”

“当时我们正在阿姨家商量婚礼的事。准确地说，是他们在商量，我在和表弟阿杰玩电脑。”

“你爷爷奶奶还好吧？”

“大太一点儿都没受影响，还沉浸在筹备婚礼的忙碌中。她今天下午跟给全家人打电话说这事。我爸妈原本打算为此从美国专程赶回来，结果大太说没必要，不用担心，反正马上也要回来参加婚礼，就不必再折腾了。”

我知道桑德肯定很难过爸妈没能回来，于是我说：“至少他们马上就回来了。”

可我好像又说错话了，因为桑德回答道：“我当然知道。”

我本该跟他解释下我不是那个意思，不是想去争是我思念妈妈多一些，还是他思念爸妈多一些。可当时我脑子好像短路了，完全想不到合适的话去表达我的意思。

为什么大脑总是会在关键时刻短路呢？

所以最终我什么话也没说，只能换个话题：“损失大吗，你爷爷奶奶家？”

“还好，怪就怪在这里——我们什么也没丢。”

这样看来好像不太糟糕，但我知道我不能这么说。

“警方说，那伙人可能是要找什么东西。”

“找什么？”我深吸了口气，“不会是那部手机吧？”

他摇了摇头：“你还记得那俩逃犯吗？希拉阿姨在汽车集市提到的那两个人。”

我好像有点印象，希拉阿姨当时还生怕我们在汽车集市被劫持来着。

“警方说他们是一伙强盗，之前因为偷了一幅价值连城的画而坐牢。”

“这和你爷爷奶奶有什么关系？”

“警方怀疑这幅画辗转到了他们手里。”

“天哪，你爷爷奶奶还销过赃？”

他抬起眉毛：“你也见过他们，你觉得他们是那种人吗？”

我感觉不像，于是我说：“我觉得他们不是。那现在怎么样了？”

“警方正在录口供，或者说他们在努力录口供。半个小时过去了，大大一直想给他们变纸牌魔术。”

“那你可以替我向大大和大太问好吗？”

桑德点了点头，然后开始用脚踢门口的碎石头。

接下来好一段时间，我俩都不知道该说什么，我感觉有些尴尬，我知道我该先开口说说那天的事，但我又一次陷入了大脑死机的状态。

最后，还是桑德先开口了："你怎么把威尔伯带来了？"

"它是你的。我想如果之后我们没机会一块儿玩的话，它可能会更想和你待在一起。"

我把威尔伯塞进桑德怀里，垂头丧气地往回走。我希望这个夸张的动作能让他明白我很抱歉，而不用非要我说出来，或许还能让他主动来告诉我他其实没那么生气。

当我走出一段距离后，桑德终于开口道："所以……以后我们不一起玩了？"

我转身看着他："你想这样吗？"

他耸耸肩："当然不想！我挺喜欢和你一起玩的，和你一起玩的时候我都很开心。"

他给了我一个台阶下，我得赶紧抓住它。

"我也喜欢和你一起玩！真的对不起，昨天和你说了那些话，钢琴不无聊，好吧，确实有一点点——不过，这只是我学钢琴时的感受，我两节课都没坚持下来。但你一点儿也不无聊，你很有意思。"

等我再反应过来时，我已经张开双臂紧紧抱住了他！

抱了大约两秒钟后，他向后退了一步说："露西，冷静。你快把威尔伯压扁了。"

19

又一次挑战失败

由于桑德的爷爷奶奶要协助警察了解情况，桑德便和我一起抱着威尔伯回了希拉阿姨家。我们把威尔伯放进水果篮里，在上面贴了张纸条：希拉阿姨，千万别吃它!!! 然后便朝小屋走去。我下决心要找到我擅长做的事，这样我才能见到保罗·卡斯特尼。

这次换桑德操作电脑，大概五分钟后，他指着屏幕说：“你应该试试这个！”

看见图片的那一刻，我有些怀疑他是不是还在生我的气，想让我故意出丑，但他那双真诚的大眼睛让我立刻放弃了这一想法。

我点了点头："好吧，我试试。"如果不是怕他又生我的气，我肯定不会答应得这么干脆。

"希拉会有潜水面罩和脚蹼吗？"

"肯定有。"

"那跨栏呢？"

"这个不好说。不过我们可以废物利用，用希拉阿姨的旧纸板和废纸箱做几个。"

就这样，我决定要穿上脚蹼、戴上潜水面罩完成100米跨栏跑。这并不需要什么生活技能，但如果这能让我登上《世界纪录挑战者》的舞台，我决定全力以赴，更何况现在只剩下七天时间了。

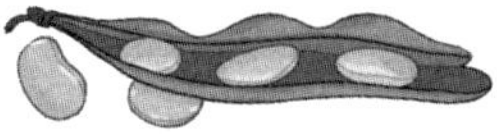

希拉阿姨的花园并不大，因为她在里面搭了一个大棚子，准备世界末日到来的时候用。她大概永远猜不到，有一天我会在花园里尝试些奇怪的户外运动。最后我和桑德决定把跨栏摆在家门口的人行横道上。那天正好是收垃圾的日子，所以我们不得不把马路上所有的垃圾箱都拖走。事后看来，我应该先拖垃圾箱，再穿脚蹼的。算了，吃一堑长一智吧。

由于箱子不够多，我们先做了个20米的跨栏。先试试吧，如果我真的擅长，那就再多找些箱子过来。桑德说我们可以把 20 米的成绩乘以 5，就能得出我 100 米的理想成绩了，由于他数学比我好，我决定相信他的话。

“你得跑进 4 秒才有可能打破纪录。”

我看了一眼赛道：“不可能。”

“你得先把潜水面罩拿下来，我才听得到你说什么。”

他说得没错。我拿下面罩，从嘴里取出潜水管：“我说，我不可能在 4 秒内穿着脚蹼戴着潜水面罩跳过一箱沙丁鱼、一箱牛舌和一箱火烈鸟充气游泳圈，最后再跳到 47 号井盖上。”

桑德用手拉长潜水面罩，又突然松开，让它弹回我的脑门儿上，这小子走运，没弄疼我：“你可是要挑战世界纪录的人，这个态度太消极了。”

他说得有些道理。最起码我自己应该有信心。我开始让自己进入挑战者状态，做了几个高抬腿、弓箭步和深蹲来热身。我看见对面的洛丽丝太太正透过窗帘观察我的奇怪举动。

于是我喊道：“看仔细了，洛丽丝太太！你将看到世界纪录的诞生！”不过我有些怀疑她能不能听得清，毕竟我嘴里还塞着一根潜水管。

热身完毕，我双手对桑德竖起大拇指，准备出发。他好像给我回了个大大的微笑，面罩和眼镜里都是雾气，我也没看清。我当时浑然不觉，现在想想，那笑里好像带着一丝幸灾乐祸。

桑德站在终点线准备发出指令——又是从四开始倒数，这次我没拦他。

“四，三，二，一，出发！”

我出发了。

事实证明，穿脚蹼跑步的前提是熟练掌握常规跑步技巧。在这二十米的奔跑过程中，我尝试了几种不同的方式。一开始我把膝盖抬得特别高，结果没几步就累了。于是我又试着按半圆形的轨迹摆动双腿，但速度实在太慢。最后我想把步子迈大点，但这时我已经到了沙丁鱼纸箱前，得开始跳了。我实在不敢跨过去，于是决定蛙跳，我本来以为不是摔跤就是崴脚，没想到居然平稳着陆了！我直起身，继续甩着步子往前跑。

到了牛舌箱这里，我双臂抱胸，像突击队员一样滚了过去，掉下来之后，正好继续往前滚。我表现得还不错嘛，我越来越自信了，终点也近在咫尺。这时离那箱火烈鸟游泳圈只有几米了。鉴于前面表现得不错，我打算试试用标准的跨栏姿势通过它，然后以顶级世界纪录创造者的姿态结束这场冲刺。

我前腿顺利跨了过去，可后腿的脚蹼却扫到了箱子，然后一阵天旋地转，紧接着，我一脚踩进了粉红色的火烈鸟游泳圈里，双手举在半空拼命挣扎，好不狼狈。

过了好半天桑德才过来救我。我想他应该是吓呆了，而不是故意要看我笑话。

我摘下潜水面罩问：“花了多长时间？”

他挠着头看着我，仿佛我是从树上掉下来的一样：“嗯——”

“应该还可以吧。虽然最后摔了一跤，但是再练练就行吧，速度应该还不错。我感觉挺快的。”

“呃……”

“我知道，大概率不会在 4 秒内，不过这才第一次嘛，练练就可以了，你觉得呢？”桑德还是一脸为难，我继续追问道，“别在这儿摆苦瓜脸了，赶紧告诉我，时间多少？”

“差不多 20 秒。”

“那离18点多少秒也不远，毕竟最后那一跤浪费了不少时间。”

“不，你是20秒跑了20米，不是100米。”

他说这话时，我忍不住放声大笑。我绝不可能花了这么长时间，前面几个障碍都挺顺利的。我笑着撞了下他的肩膀：“别开玩笑了！赶紧告诉我，到底花了多长时间？”

桑德的表情从为难变成了不自在：“我不能百分之百确定，因为我是通过数象来计时的，不过你摔跤前，我确实数了二十二头象。”

“你确定？你怎么数的？是不是数太快了，像‘一头象两头象三头象’这样？这不对，你应该按‘一头象——两头象——’这样数。”

“我就是像你这样数的。”

“完了。”这结果太糟糕了。我一屁股坐回到了火烈鸟箱子里。“你走吧，我哪儿也不想去，我要在这儿和火烈鸟朋友们待一会儿。”

“这可不行！”桑德把我从

箱子里拉出来，“快起来，我们得赶紧找到别的方法。只有七天时间了。”

我胡乱挥舞着双手喊道：“我知道！我知道只有一个星期了！你为什么非要再强调一遍？我压力已经够大了！！”

“我没想给你加压，只是想让你赶紧动起来。”

“可事实是我压力更大了。”

我突然抓住他的肩膀，使劲晃着，一边晃一边喊：“如果我什么都不行怎么办啊，桑德？如果失败了怎么办？如果妈妈见不到保罗，结果一辈子都开心不起来了怎么办啊？那时候我该怎么办啊？你说怎么办啊，桑德？”

桑德大口喘着气：“你现在有点瘆人，露西。”

我放开他，向后退了一步，这比穿着脚蹼往前走容易多了：“对不起。我只是……毕竟只剩七天了……时间太紧了。”

“所以不能再浪费时间了。只要多尝试，我们肯定能找到你擅长的事。你不能半途而废，露西，你是一个战士——谁要是不信，就让他问问比利·格里斯。”

我不知道自己是不是一个战士，但现在还有什么别的选择吗？我们没有备选方案，所以除此之外无路可走。如果我想把妈妈接回家，让她重新开心起来，我就得继续下去。

“你说得对。”我踉踉跄跄地回了屋，带着必胜的决心和全力以赴的信念，“我们再去看看吉尼斯世界纪录网站吧。”

20

新的想法

我把那箱火烈鸟游泳圈搬回楼梯下方，然后又和桑德一起把沙丁鱼和牛舌搬回小屋。如果这些末日补给不见了，希拉阿姨肯定会特别难过。

当我们正要开始继续网络搜索时，桑德发现他的手机还在充电，手机屏上显示有一条来自未知号码的未读信息：

打给我，我们得谈谈 AWP 的事。

我俩都不知道 AWP 是什么意思，不过电脑可以告诉我们，搜索结果显示它指的是“北极动物福利巡逻队”，这让我们有些意外。

桑德的鼻子皱到了一起：“我没听过什么北极动物福利巡逻队。”

我耸了耸肩：“那就别回电话。可能又发错了吧。”

“这也太奇怪了，你不觉得吗？”

“还好吧，”我不想继续把时间浪费在这事上面，“继续忙该忙的吧，时间紧迫。”

桑德把手机放回口袋，这事就算过去了。

现在回想起来，我很后悔当初没有仔细查查这件事，至少应该怀疑一下。当然，现在说这些都晚了。我当时的注意力都在世界纪录上，不可能再有精力去关注这条奇怪的短信。没办法，毕竟当时只剩七天时间了。

桑德删掉了那条信息，然后重新坐在电脑前，我则坐在他身后看着。

“要不试试一分钟内垫球次数最多纪录？”

这听起来挺酷，于是我问：“现在最高纪录是多少？”

“64 个。你能做多少个？”

“算了吧。”说实话，可能我只能做一个，最多两个。

“行，那一分钟内用头打碎马桶圈最多纪录？这个少些，46 个。”

“我连一个西瓜都撞不碎，更何况是马桶圈，46 个更不用想了。”

“不扶把手骑自行车最远纪录？”

“多远？”

“75.8 英里[①]。”

“有那么大的舞台吗？”我不想再看下去了，于是干脆走到小屋另一边，坐在工作台旁。

“你会走钢索吗？”

“不知道，但我不想再做有生命危险的事了。”

“你也太挑剔了。”桑德笑了起来，拿起一颗解冻的毛豆朝我扔过来，就是上次舌头事故后留在电脑旁边的杯子里的。

还没等我大脑做出反应，我的身体就做出了错误的举动，一下接住它吞了下去。我赶紧想要吐出来，脏兮兮的，我可不想把它吃进去，可是吐到一半我又决定还是咽下去。桑德坐在一旁，一脸坏笑地看着我。

我终于折腾完后，桑德突然大声说：“有了！我找到你的技能了。”

我整个人都蒙了。

他接着说：“再来一次。”

“什么？”

---

① 1英里约合1.6公里。

“接毛豆！”

“不行！”

可他还是又朝我扔了一颗。

我又一次成功接住。

桑德激动地跳了起来：“你怎么做到的？这太厉害了！”

这时才我明白，我发现了自己的技能。

我，来自法利路43号的露西·罗伯逊，非常擅长用嘴接食物。这谁能想到？起码我想不到。不过我确实有自己的技能了，而这个技能可以帮妈妈恢复健康——太棒了！

桑德大口大口喘着气，大概是被我震惊到了：“我从没见过这么厉害的技能，你就像一只没有长舌头的青蛙，不仅不长，比普通人还要短，甚至连鼻尖都碰不到。你简直就是一只神奇的短舌青蛙，在用超乎想象的方式获取自己的晚餐。”

我喜欢别人说我“超乎想象”，虽然“青蛙”听上去不像什么好话。

我睁大眼看着桑德：“快帮我看看有没有什么用嘴接毛豆之类的世界纪录！”虽说可能不太好查，但直觉告诉我，我们离成功越来越近了。

桑德坐在电脑前，手指不停地在键盘上敲来敲去，我则在一旁焦急地等着。由于太过紧张，我甚至打了两个嗝，可能是因为吃进去了两颗豆子。突然他停下来，转身看着我，嘴角闪过一丝微笑。

“没有，没有关于毛豆的。”

“完蛋。”

“不过我们可以尝试些类似的，比如这个：在最远距离内扔出颗葡萄然后用嘴接住，目前纪录保持者是保罗·莱戴，距离长达……”

他顿了下，我已经准备好了听到一个不可思议的数字，比如 13.5 兆英里之类的。

结果他说：“108 米。”

呃……

我抬了抬眉毛：“好吧，确实不近。”

“是真的远啊！你刚刚试了 20 米跨栏，你觉得你能在五倍距离以外的地方用嘴接住一颗葡萄吗？我甚至都不觉得自己能把一颗葡萄扔那么远，即使我投球成绩一直不错。”

他说得很有道理，我说：“没错，我也不信有人能把葡萄扔那么远。”

桑德揉了揉下巴，突然说：“咦？这儿有个视频，可以看看是怎么回事。”

他点开链接，画面里保罗·莱戴在 108 米开外用嘴接住了一颗葡萄，堪称奇迹，然而葡萄并不是被扔出去的——他的助手们是用弹弓把葡萄射出去的。

"感觉可以试试。"我提议道。

"打弹弓需要三个人帮忙，我们没那么多人。"桑德往后躺下去，闭着眼，用手捋了捋头发，好像在努力思考解决办法。

突然他大叫一声，吓了我一跳。"不用！"

"不用？"

"不用弹弓，我有个更好的办法。"

"你说。"

他坐直身子，一脸狡猾地说："我们并不需要打破纪录。"

我拉长了脸："不，我们需要。这个节目的主旨就是打破纪录。"

桑德笑了笑："不对，我们有个更好的选择，我们可以自己创造一项世界纪录。"

"我喜欢这个想法！快说！"

"你看这儿，"他手指着屏幕，"这里可以选择提供一项从未挑战过的，全新的世界纪录。你想想——我们可以想一个独一无二的，没人尝试过的项目。《世界纪录挑战者》节目绝对会喜欢的！"

"可是这个纪录是什么呢？怎样才算一个全新又独一无二的纪录呢？"

桑德开始填登记表："露西，一分钟内从 10 米远的地方用嘴接最多葡萄的人。”

我想了会儿。以我像青蛙一样的特技，再加上桑德出色的投掷能力，说不定真能行。“你真的觉得可以吗？”

“我们肯定可以！”

他的回答特别笃定，我感到非常兴奋，四肢似乎都要失控了——我突然扎了个马步，不停朝天空挥舞着拳头喊道：“‘世界纪录挑战者’们，赶紧准备好吧，我马上……”我看了看桑德，“我们马上就要朝冠军发起冲击了！鼓声在哪里?！”

桑德配合地拍着桌子制造鼓声。

“一分钟内从10米远的地方接住最多葡萄纪录。”

“嘴里能塞下这么多葡萄吗？”桑德转头问我。

但我此刻正感觉自己已经在打破世界纪录的边缘了，我说道：“没关系，我这张嘴可以的。”

“那我这条扔葡萄的胳膊也可以！”

他看着那杯毛豆，朝我点了点头。我明白了他的意思。他又捡起一颗豆子朝我扔过来，我成功接住了豆子。我举起手想和他击掌，结果桑德正准备把拳头举过头顶庆祝，我俩都有些尴尬，但没关系——我知道，我们肯定能赢！坦白说，如果这是电影里的一幕，此时肯定会响起极其振奋人心的背景音乐，比如《洛奇3》的主题曲《老虎之眼》。

我做到了。不，我们做到了！我们终于找到了让我能见到保罗·卡斯特尼，并让妈妈高兴起来的办法。现在只需等节目组确认我们入选了。

21

特训开始

两天之后，我的邮箱收到了一封回信，是节目组发来的，他们同意了我们的申请，我们可以去挑战一项完全没有人挑战过的世界纪录。我立刻跑去桑德家和他分享这一喜讯。

“我们通过了，基本上。”我对他说。

“太好了，不过什么叫基本上？”桑德问。

“节目组想让我们录制一段视频，证明我们可以在一分钟内接住至少十个葡萄，然后他们会考虑邀请我们去博乐姆森林录制节目。”

“博乐姆森林是啥？”

“这是个地名，在伦敦北部，他们的工作室在那儿。不过即使我们有机会去录制，我们也不是百分之百确定能登上舞台。邮件里说他们有权取消我们的表演。不过不管怎样，现在我们需要在注册结束五天内给他们发送那段视频。”

“十个葡萄肯定可以。”桑德异常坚定，“没问题的，我们一定能上台。之前从来没人创造过这个纪录，怎么可能不让我们上台呢？”

“你说得没错，我们得乐观一些。”我回答道，即使我其实没有特别乐观。

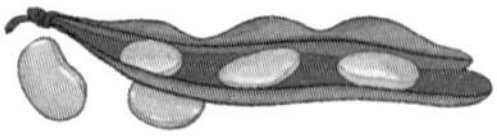

然后我和桑德开始进行高强度训练。五天时间并不长，我们必须利用每一分每一秒达到标准。不过我相信，凭借我们的专注和决心、我天赋异禀的嘴巴，还有桑德厉害的手臂，我们一定可以达到节目组的要求。

可惜希拉阿姨已经对我深有成见。她一发现我们的特训就立刻出手阻止。看她的反应，我仿佛是在拿嘴接手榴弹，而不是葡萄，她严肃地警告我：“露西，葡萄特别容易呛死人！”然后就把我们买的所有葡萄都切成了两半!!!

我们只能骑车去超市再买一些，结果鲍勃说葡萄已经卖完了。这太烦人了！桑德建议去水果店看看，这确实是个好

主意，因为在那儿我们找到了金橘。

我以前从没见过金橘——说实话，我还以为金橘是一种动物，就好像金钱豹一样——结果它是一种热带水果，属于柑橘的一种。金橘是橙色的，扔在空中很容易看见，而且个头儿比葡萄大，也更安全。此外，我感觉它应该是一种比较稀有的水果——我的意思是，你们在这之前听说过金橘吗？所以用金橘做道具肯定会让我的纪录更吸引人。桑德也给节目组发了邮件询问是否可以改变水果，结果他们回复说之前没有任何一个世界纪录和金橘有关，所以他们特别期待我们的视频！这简直太出乎意料了！而且，相比于葡萄，我更擅长接住

金橘，希拉阿姨反倒帮了我们一个大忙！

不过我们没有只用金橘来练习，毕竟它并不便宜，而且桑德觉得，我应该尝试接住一些更小的食物来巩固和提升我的技能。所以毛豆用完后，我们冒着得糖尿病的风险，买了一大包水果糖。结果回家后，希拉阿姨一眼就看见了那包糖果，立刻规定我们一人每天最多只能吃五颗，然后一边嘟囔着青少年糖尿病的危害，一边从我手里没收了过去！所以我们只能又去了趟超市，由于我想尝试一些好吃的东西，于是我们买了一包花生米。

我觉得现在我有责任发出一个非常重要的警告，事关大家的生命健康和人身安全。这么做有三个原因。

第一

希拉阿姨说得没错，把东西往嘴里扔有可能会窒息。

我擅长用嘴接东西，你们不一定擅长。

所以不要在家轻易尝试，好吗？

记住了吗？

第二

花生很危险！花生禁止被带上飞机，当然和飞机本身没有关系，主要是因为很多人都对花生过敏，所以不能随意将花生扔来扔去，也不要将它带去学校。碰到和花生有关的事一定要慎重考虑！

第三（这一点主要和训练地点有关）

松鼠宝宝看起来很可爱，但如果它们受到刺激，就会变得十分危险。

请仔细思考一下这句话。

有天在超市结账时，我对桑德说：“与其回希拉阿姨家，不如我们找个新地方，在秋千上练习吧？”

“你这点子太棒了！”

我也这么想，可如果我当时知道在秋千上练习会带来什么后果，我可能就不会这么说了。

随着我用嘴接物的能力越来越强，桑德问我是否愿意接受高强度特训。

我立即答道：“当然愿意！”这正是世界纪录挑战者该有的态度。

桑德的特训内容如下：我坐在秋千上，他盘腿坐在旋转盘上，然后朝我嘴里扔花生。

“相比于以往的练习，这种训练会增加更多的不确定因素。你需要把握秋千摆动的节奏和张嘴的时间，而我则需要在旋转的同时把握好抛出物体的时间。”桑德总结道。

我感觉这听起来特别刺激。

然而，最初的几次尝试都可以用灾难来形容。如果不是戴着眼镜，我的眼睛肯定早就被花生戳瞎了。为了你们的安全考虑，之前的安全警告得多加一条：第四，在挑战此项纪录时，最好戴上眼镜、护目镜或者潜水面罩。

特训比我俩预想的都要复杂，可当时我却觉得全是桑德的问题，坚称自己啥也没错。其实在心里，我觉得问题在我。

我总是这样，明明生自己的气，却朝别人发火。我责怪桑德扔得不准，其实是我自己一个花生都没接住。正因如此，后面才会发生更多的事情。

虽然特训一次都没成功，我们却在花园里撒了一地花生，结果引来了一只过于自信的大松鼠，从这里你们大概就能理解第三条警告的意义了。

这只灰色的小东西应该在附近转悠好一阵子了，可我和桑德一直在集中精力训练，没注意到它。地上的花生都快被它吃光了，它还不满足，还想要更多。

我和桑德交换了个位置，以便亲自给他示范。我当时正在气头上，满脑子都在想如何给他演示“正确”的投掷方法，没想到意外发生了。

我毫无防备。

这只松鼠突然如利剑般从后面袭击了我，爪子碰到我的那一刻，我尖叫一声，跳了起来，手里的花生一下子全撒在了身上！我望向桑德求助，可他却自顾自地在荡秋千，完全不知道我遭遇了什么。

亏我之前还觉得松鼠温柔又可爱，看来我看错它们了。

我想把那只松鼠从脖子上拽下来，但它肯定意识到了我的想法，突然一下子钻进了我的帽子里。我再次尖叫了起来，跳下转盘，想把松鼠从身上甩下去，但由于我已经完全晕头

转向，我跑的不是直线，而是七扭八拐地朝操场另一头跑去。我能听见桑德一直在背后叫我停下，直到我跑了差不多三圈

后，他才最终抓住我，帮我脱下衣服。

小松鼠摔在地上，瞥了我一眼，好像我才是肇事者一样，然后蹿上附近一棵树消失了。

我在原地愣了半天，试图消化刚才发生的事。

“你没事吧？”桑德开口问道，似乎在关心我，可声音又似乎在憋笑。

我显然还没从刚才的袭击中缓过来，没法说一句完整的话，但我不想让他发现我的异常，于是只是简单地说：“我没事，谢了。松鼠而已，没什么！”

桑德笑了笑：“不客气。”

我不明白我哪里客气了，我脸上的表情一定出卖了我的想法，他补充道：“救你是应该的。”

我有些生气，我不明白从松鼠爪下救我出来有什么好笑的，于是我一句话没说。

桑德用胳膊肘轻轻推了推我：“说实话，露西，把你从一只凶猛的松鼠那儿救出来还是挺帅气的吧，至少不无聊。”

听到他这句话，我突然不生气了，甚至很想谢谢他。谢谢他把我从松鼠的攻击中救了出来，谢谢他帮我一起解决妈妈的问题，谢谢他愿意当我的朋友——我唯一真正的朋友。但我一句话也没说。有时候，说出心里话也不是件容易事。

22

一切进展顺利

我始终相信我们能完成节目组要的视频。在集训的某个周一下午，我躺在独木舟里回顾我目前的成绩。现在我最好的成绩是一分钟接 5 个金橘，这不是个理想的成绩。不过，我们在计时上并没有那么精确，我接得最好的那一次，桑德没带秒表，我们只好又靠数象来计时；而且，我们也没有卷尺，没法精确测量出 10 米距离。我估计上次跨栏挑战后桑德把卷尺弄丢了，所以只能用从学校买来的 30 厘米直尺代替。考虑到这些，我觉得我们还是有戏的。我得相信，很快我们就能完成节目组想要的视频，这一切都是注定的。

这么想了之后，我内心开始兴奋起来，当晚睡前和妈妈通话时都比往常激动，但我还不准备告诉她我的计划——这也是惊喜的一部分。现在我已经知道她住在哪儿了，我在希拉阿姨床头看见了一张斯坦福德疗养院的传单，上面写着该疗养院致力于帮助人们改善心理状态，恢复健康。

现在，我已经想好了整个计划：一旦我们成功进入节目，我就会突然出现在斯坦福德疗养院，告诉妈妈我带了个人来见她。她可能会抱怨我不提前通知，害她没时间化妆打扮，但没关系，她素颜也很好看。然后，她会看见保罗·卡斯特尼站在她面前，接着她紧锁的眉头会舒展开，从鼻子上的雀斑到手指尖，她整个人都会开心起来。她会和保罗像老朋友一样聊天，就像照片里那样。

可那晚我和妈妈通话时，我感觉她变得有些奇怪，声音很小，也很悲伤，我好不容易鼓起的希望泡泡又瞬间破灭了。我开始怀疑自己的计划是不是不够完善，又开始担心准备是不是充分。她可能察觉到了我低落的情绪，因为她突然说："露西，猜猜我现在在想什么？"

"你在想什么？"

"大猩猩。"

我有些意外："大猩猩？"

"那天我看电视的时候，看到一只猩猩拿着螺丝刀在修东西，我立刻想到‘我的露西宝贝也很会用螺丝刀修东西’，想到这里我就笑了！”

“一只修东西的大猩猩让你想起了我？”

我听见她在笑：“没错！不过你身上肯定没有那么多毛发。”

“你确定吗？”我也笑了。太好了，她还会想到我，还能跟我开玩笑。

然后她说：“妈妈真的在努力。”

我回道：“我知道了，妈妈。我也在努力。”

不巧的是，桑德暂时得离开几天。他爸妈刚结束一段巡演，准备飞回英国休息几天，桑德得飞去和他们待一段日子，这之后夫妻俩会再飞去德国继续巡演，听起来真是太酷了。

于是这几天我们只能暂停练习。趁着希拉阿姨在小屋里为下次汽车集市整理闲置品的机会，我也开始为试镜做准备。首先是寻找亮眼的演出服，需要让我和桑德在众多试镜者中脱颖而出。其次是制定一个离开家一整天且能让希拉阿姨不起疑心的方案，避免她启动应急安全预案或在全国追捕我们。

鉴于第二件事太费脑力，我决定先从服装下手。希拉阿姨有个很大的盒子，里面放着她多年来收集的奇装异服。说实话，她衣柜里那些衣服和这些奇装异服其实没啥区别，但我不会当着她的面这么说的。

我小时候很喜欢和希拉阿姨一块儿换上戏服玩耍，有时妈妈也会加入。记得有一次，她和希拉阿姨把自己打扮成了瑞典还是瑞士的流行乐队 ABBA 的成员。当时她们穿着银光闪闪的表演服，戴着金色和棕色的假发，在我面前进行了一段极其尴尬的唱跳表演。

打开箱子时，我一眼就看见了妈妈戴过的那顶金色假发，一瞬间我又似乎回到了那一刻，不禁开心地笑了起来。紧接着，各种回忆片断如汹涌的潮水般涌入了脑海，根本停不下来，不一会儿，我哭了。说实话，箱子被打开的那一刻，我心里某个不想走进的房间也被打开了。

我把假发放到一边，站起来活动了下四肢，试图摆脱身体里充斥的悲伤，集中精力找衣服。我不能在这儿傻傻地掉眼泪，也不能老沉浸在回忆里，应该赶紧为我，还有我那不怎么迷人的助手找两套合适的演出服。

海盗装不太适合，小矮人套装也不太行，虽然我挺想让桑德试试。美人鱼装和护士装也不在考虑范围内。

就当我以为要空手而归时，我看见了两套衣服，那一刻，我知道，就是它们了，绝对回头率满分。不过可能得给桑德做一些思想工作，但没关系，毕竟他是我的助手——不管他是不是这样想的——我有信心说服他穿上这套衣服。再说了，他那么想见保罗·卡斯特尼，当你足够想要一样东西时，你就不会顾虑太多。

我把其他衣服塞回箱子，然后又小心翼翼地拿起那顶金色假发，深深嗅了一下，放回了原位，重新盖上了盖子。有时候，把难过的事情藏起来似乎是个更容易的办法，尽管我知道我不该这么做。在那一刻，我突然特别希望桑德在我身边，这样起码我能和他聊聊。

我把挑好的表演服装进塑料袋，藏在了独木舟下面，这样希拉阿姨就不会问我为什么要拿走这两套金光闪闪的连体衣了。

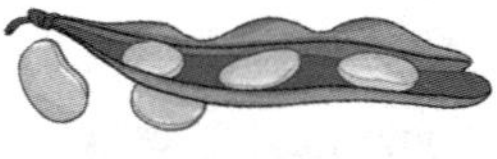

做完这一切后，我发现希拉阿姨正在小屋里把一箱箱奶粉堆进橱柜。她穿着一件长颈鹿印花上衣和一条又大又宽松的蛇皮印花裤子，仿佛是从热带雨林里走出的居民。

看见我进来，她笑着问我：“想桑德吗？”

“不想。”

说实话，我很想他，但我不想承认这件事。要是让希拉阿姨知道了，她可能又会做出一些尴尬的事，就像上次的脸蛋讨论一样。

她把最后一箱奶粉塞进柜里后，便靠在柜门上，用屁股使劲推门，直到听见咔嗒一声，柜门关上了。

“我忙完了。要不我们玩点什么吧？有兴趣吗？”

“可以呀。”

“想修东西吗？可以再试试你那个相机。”

我摇了摇头：“我不太想修它了，行吗？”

我怕会再次失败，我不敢面对这样的结果。

她张开双臂抱住我：“当然可以。要不去垃圾站找找？说不定会发现什么宝藏。”

没人会拒绝寻找宝藏的机会，所以我说：“走吧。”

我戴好防护手套和护目镜，希拉阿姨上网确认了下我注射的破伤风疫苗是否过期。

我坐进副驾驶位，系好了安全带。希拉阿姨点着火又关掉，转头对我说：“相信我，你妈妈马上就会好起来接你回家了。”顿了几秒，又拍了拍我的膝盖道，“她正在接受最好的治疗。”

我不能告诉她最好的治疗是我的那个方案，所以我点了点头，开始思考如何才能在不被怀疑的情况下和桑德一起去录节目。

但很快，我的注意力就转移到了其他地方。车刚上路，我就看见一个矮胖的男人正站在桑德祖父母家的花园里，踮着脚，鬼鬼祟祟地扒着窗户往里看。我立刻指给希拉阿姨，她猛地一踩刹车，一箱森贝儿松鼠公仔从后面飞到了前排。由于上次的松鼠袭击事件，我顿时吓得一哆嗦。

希拉阿姨摇下车窗喊道：“喂，那位朋友，你看什么呢？”

神奇的是，矮胖男人竟没注意到这个从一辆锈迹斑斑的白色货车里探出半个身子，一头粉红头发，穿着长颈鹿印花短袖的女人。

见此情况，希拉阿姨按了按喇叭想吸引他的注意力。结果这男的立刻吓得跳了起来，一屁股摔在花坛里。

“喂，耳朵不好使的那位，需要我帮忙吗？”

男人努力控制着自己面部惊恐的表情，向希拉阿姨扯出一个僵硬的假笑：“不用了，谢谢，我可能找错地方了。”

“你最好赶紧离开，不然我就叫警察了。”

我很欣赏此刻希拉阿姨强大的气场。

男人举起双手：“我真不是故意的。”

希拉阿姨一直等他消失在路口才放松警惕。后来她又分别给警察和阿拉沃尔夫妇打了电话报告刚才的情况。

“你说他会不会就是上次想闯进桑德爷爷奶奶家的人呢？”我问道，“他这次回来是不是想再试试，怕上次漏掉了什么？”

“我不知道，露西，”希拉阿姨一边说一边转动钥匙点火，“不过他看上去确实不像个善茬。”

虽然我也不知道什么样算善茬，但我也觉得他不是什么好人，他看上去太可疑了。

23

华丽的演出服

桑德回来后，对我在垃圾站找到的宝藏很感兴趣，并让我发誓下次一定要带上他。我答应了他的请求，但我也不太确定下次会不会这么好运，能捡到一个伍德牌搅拌机和一个还能用的足浴盆。

我很开心桑德能回来，不仅因为我想他了，还因为我们只剩一天时间传视频，以及一个多星期的时间计划怎么悄悄去博乐姆森林录制节目。我们肯定会被选上的，毕竟用嘴接住 10 个金橘并不是什么难事。

当我问他和爸妈见面的情况时，他耸耸肩说：“就那样。”

我还是好奇："就那样是哪样？"

他叹了口气："见面肯定是好的，我知道我不该抱怨，毕竟——"他转头看向别处，我意识到他在担心我的感受。

"但是？"

"本来我想让他们听听我最近在练的新曲子，可最后我退缩了。"

"为什么？"

"我妈，可能……只喜欢古典音乐。"

"好吧。"我回答道，试图表现出同情的样子，但我还是不明白他在心烦什么，"也许你还是可以试试？"

他没说话，我想他可能是想赶紧换个话题，于是我建议去荡秋千，顺便练习下世界纪录，讨论之后的出行计划。由于上次松鼠事件依旧让我心有余悸，我们决定坐在屋外的人行道上，一边吃金橘一边讨论。那天天气很热，我感觉屁股底下的地砖又暖和又舒服。

结果还没等我们开口，桑德的手机突然响了，提示收到了一条新短信。

"又来了。"他对着屏幕皱起了眉头，"这是这几天里的第四条了。"

"短信说什么了？你回复了吗？"

"意思都差不多。"他把手机举起来让我能看清屏幕，"我没回，都删掉了。”

“时间不多了——我们需要AWP。”我大声念道，“行吧，反正我这儿也没有北极动物福利巡逻队。别管了吧——他们迟早会放弃，或者发现自己发错人了。”

桑德删除了信息。“所以我们的计划是什么？怎么去博乐姆森林？我不知道有什么办法可以不引起希拉的怀疑。”

“确实是个问题。”我附和道。

“也许我们可以跟她说实话，就说你要去参加《世界纪录挑战者》节目试镜……”

估计是被我的表情震慑住了，他没有继续说下去。这可不是什么好办法。希拉阿姨总抱怨选秀节目害人，我不明白她为什么这么说。一个给你巨额奖金或让你出名的节目怎么可能害人呢？

“不行，这次行动必须完全保密。”我强调道。

“你知道试镜视频可能在数百万观众面前播放吧？”

“我知道，但在那之前必须完全保密，明白了吗？”

“不太明白，不过我听你的。”

“你发誓？”

“我发誓。”

“你，桑德·阿拉沃尔，真是一个非常棒的助手。”

“助手？我什么时候成你助手了？我是你搭档！”他跳起

来喊道。

他到底是什么角色，我不和他争，毕竟实际情况我俩都清楚。我按住他说：“作为我最出色的搭档助手，你必须有一套漂亮的演出服。”

“演出服？”他的语气中满是怀疑。

“没错！快看看我找到了什么！我想你穿着它绝对十分亮眼，快来！”

我拖着桑德从希拉阿姨身边走过，她正在花园打太极拳，就像在和一个隐形舞伴跳慢舞。我感觉她还得跳上几个世纪，于是便领着桑德去了她的卧室，试穿那套金色莱卡连体衣。希拉阿姨家没有全身镜，因为她说总照镜子是不好的。但如果站在床上，把她桌上的小镜子斜放在抽屉柜上，只要调整好角度，我们就能看见大部分身体。

虽然我知道人们一般很难接受这种闪亮的紧身连体衣，但我没想到桑德会这么抗拒。他一上来就直接拒绝，这是我始料未及的。我好说歹说，再三恳求，他都不为所动。既然普通方法没用了，那么我只好使出撒手锏，虽然我有些内疚，我说我妈妈的幸福全靠它了。如果没有好看的演出服，我们就上不了节目，上不了节目我就见不到保罗·卡斯特尼，也就没法请他和妈妈见面了。所以，这身金色连体衣就是实现一切的根基。

他盯着我看了几秒，然后沮丧地抬了抬手说：“好吧！”从我手中抢走那金光闪闪的紧身衣进了卫生间。等他出来时，我也已经换好了衣服。

虽然他穿上确实不太好看，但此时此刻我必须鼓励他，所以我说：“简直太棒了！”

“一点儿都不棒！跟《哈利·波特》里的金色飞贼似的。”他挥舞着手臂，模仿飞贼的样子，这场面太好笑了，让我不禁想看看自己什么样。我爬上床蹲下看向镜子：我就像一块特大号太妃糖。

真不错。

希拉阿姨大概是厌倦了和看不见的舞伴乱蹦乱跳，她突然从门外探出头来，呆呆地盯着我们。

“你俩干什么呢？怎么穿成这样？”

我一时语塞，幸亏桑德开口：“我们玩玩换装游戏，释放一下压力。”

希拉阿姨很满意桑德的答复：“释放压力！太好了！露西最近确实压力有点大，多放松放松是对的。”

“您说得没错。”

“我就知道你会给她带来积极影响。”

桑德回了个礼貌的微笑。而我只能站在那里，如同一块人形太妃糖一样被人议论来议论去。

24

完美的训练

当然，穿得好看还远远不够。除此之外，我还需要用嘴接住 10 个金橘，这样才有机会登上舞台。我提出先把怎么偷偷去演播室的问题放一放，重点解决视频的问题。

希拉阿姨说她要泡个澡缓解练太极拳的疲惫，虽然这个运动本身看起来一点儿也不累人，不过我没说话，因为趁她听着音乐泡澡的空当，我们正好可以出门活动。

桑德在希拉阿姨家门外用粉笔画了一条线，然后我们用 30 厘米的尺子量出了 10 米距离，这花了不少时间，因为我们总忘记上次量到哪儿了。后半程桑德显然有些不耐烦了，他抱怨道："你能不能别说话了？我在专心计数。"

我嘀嘀咕咕继续重复着桑德的话，他突然吼道："要不你去买卷尺？"并恶狠狠地瞪了我一眼，我识趣地闭上了嘴。

最后他终于放下尺子，在 47 号井盖旁画上了另一条线。

"准备好了吗？"桑德问。

"准备好了！"我转了转脖子，又跳了几下，证明我做好了十足的准备。

我伸出手想和桑德碰碰拳头，结果这次他准备击掌，我俩又一次陷入了尴尬，看来之后我们得好好商量下这个仪式流程。

桑德从口袋里掏出手机，准备录下全过程。"为了录视频，我得删掉环形路口的照片，你觉得能删吗？"他转头问我。

"你很喜欢那些照片吗？"

"还不错，不过也没多喜欢。"

"这是你的手机，你想怎么做就怎么做。"

"你说得对。那我们准备开始吧。"

我站在一条横线前，桑德花了好半天才找了个合适的地方把手机放好，以便录下接金橘的全过程。他准备好后，对我竖起大拇指说："加油，露西！"

我回答道："加油，桑德！"其实我觉得扔的部分没什么难度，至少我当时那么想。

桑德点了点头，拿着一袋金橘走到另一条粉笔线前。他调好秒表，举起第一个金橘，数道：“四，三，二，一……”然后朝我扔了过来。金橘直接越过我的头顶，飞向远处。

我喊道：“什么情况？这我怎么接？我又不是长颈鹿！桑德，好好扔！”

他嘟囔了几句，我听不清，好像在说：“哪里扔得不好了？”

然后，连倒数都没倒数，他又朝我扔了一个。可这次高度又不对，虽然没飞过我头顶，但是直接打在了我肚子上。

我瞪着桑德，我发誓他一定在笑。他喊道：“别着急，我想我找到状态了。”

“最好是，否则我就登广告重新找搭档。”这威胁其实很无力，毕竟我俩都清楚，想说服另一个人穿着金色紧身衣朝我扔金橘基本不可能，可现在我需要桑德认真起来。

我的警告似乎还是起了作用，他认真选了一个金橘，并大声倒数后朝我扔了过来。

高度不错，速度也不错。我不得不后退几步以站在最佳接球位置，但我知道我肯定能接住。我成功了，然后我迅速把它吐掉，准备迎接下一个，然后又成功了，然后又接住了一个。金橘像自动网球一样朝我飞来，我全都接住了！计时器暂停时，我迫不及待地对着桑德喊道：“多少个？我接了多少个?！”

桑德尖叫道：“14个！露西，你刚才在一分钟内接住了14个金橘！我们要去《世界纪录挑战者》了!!！”

这简直像做梦一样！看来我们肯定能站上舞台了！保罗·卡斯特尼肯定会被我们的表演震撼到的！我真的要成功了！我终于能帮到妈妈了！我开始绕圈跑，朝空中挥拳，一边跑一边跳，突然，希拉阿姨的声音从浴室的窗户里传出来：“能看见你通过跳舞释放压力真是太好了，露西！”

25

婚礼请帖

视频上传后的第二天早上，我们收到了节目组的邮件，通知我们在周四上午十点去现场试镜。虽然还没最终确定是否有上场机会，但目前为止一切顺利。直觉告诉我，我们一定能晋级并成功见到保罗，毕竟还没有人创下过和金橘有关的世界纪录。

现在，只剩下一个小小的问题需要解决了，就是如何在不被希拉阿姨怀疑的情况下，神不知鬼不觉地溜去伦敦北部。幸运的是，我们很快找到了办法，好吧，其实是办法自己出现在了桑德爷爷奶奶家门前。

周六早上，距离试镜还有五天时，桑德突然激动地冲进小屋，手里挥舞着一个红金相间的信封。我从工作台的一堆相机零部件前抬起头问道：“怎么了？你今天很兴奋啊。”

“露西！”他上气不接下气地喊道，“你猜怎么着！”

我猜不出他想说什么，他只是不停地重复着一个词：“婚礼！婚礼！我简直是个天才！”

我只好追问：“什么意思，大天才？”

他兴奋地喊着：“我有件事想问你！”

一个信封让他兴奋成这样也太夸张了，也许他真的很喜欢这个信封？我只能继续问道：“问呗，你到底怎么了，这么开心？”

时至今日，我依然觉得桑德应该对当时发生的所有误会负责。我相信任何人只要当时站在我的角度都会产生一样的误解。他突然变得极其严肃，清了清嗓子说：“露西，我想问，你愿不愿意……我有没有这个荣幸，能请你做我的——”

我赶紧打断了他，不知为什么——可能是因为他一直在念叨婚礼——我当时以为他要说“妻子”！后来我知道是我想多了，但当时我完全慌了。我虽然没有见过别人求婚，但我猜可能金光闪闪的红色信封和异常亢奋的情绪就是其中一部分。

我几乎是尖叫着喊道：“桑德，你说什么？”

他说："我想问你愿不愿意和我一起参加表姐的婚礼。你以为我想说什么？"

"那你为什么这么亢奋？"我又叫了一声。

"因为通常小孩子没有机会带朋友参加婚礼，但我问了大大和大太，他们很喜欢你，而且我表姐也已经同意了。"他飞快地把信封递给我。我打开它，拿出请帖。当我意识到我完全误会了时，我全身的血都涌到了脸上。

"你怎么奇奇怪怪的？你以为我要问什么？"

"没什么！我什么也没以为。"我故意对他凶一点儿，来掩饰自己的尴尬。

他紧紧皱起眉头，一脸不解："你这是怎么了？"

"我没怎么。我很正常啊，什么事也没有，知道吗？"

我瞪着他，他也瞪着我，僵持了好久，谁也没说话。最终我实在受不了他那一脸迷惑的表情，于是率先开口打破沉默，故意用轻松的语气说："那你表姐的婚礼为什么让你这么开心？"我也不知道自己为什么会无缘无故冲他发脾气，可能是因为我一直在关心正事，而他却把心思放在婚礼这类无关紧要的事情上吧。

但我想错了。

我是个笨蛋，还以为他会求婚，还嫉妒他的大家庭，我完全没意识到其实他一直在操心出行的计划。当他终于开始跟我解释开心的原因时，我很快就消气了。

他列出了四个原因：

第一，婚礼会持续三天，正好包括我们试镜的那个日子。

第二，婚礼在艾奇维尔举行，离试镜地点很近。

第三，桑德说我可以和他一起去。

第四，他还说他有办法溜出婚礼现场去试镜，且不被任何人发现。

他说第四点时，我打断了他，这个计划有一个明显缺陷："我们从婚礼现场消失肯定会被人发现的。"

他眨了眨眼问我："你以前参加过印度婚礼吗？"

"没有。"

"相信我，婚礼现场会有三百多人。我们溜出去几个小时不会被人发现的。"

"真的？"

"千真万确。印度婚礼一直如此，有一次我一个阿姨中间去生了个孩子，然后晚上庆典的时候又回来了。"

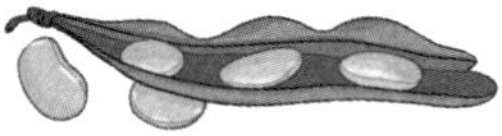

听说我要去参加印度婚礼，希拉阿姨特别兴奋，开始不停给我讲在网上搜到的印度婚礼的趣事，比如伴娘会偷走新郎的鞋子，然后新郎付钱才能赎回来，还有砸椰子、洗脚礼、

绕火转圈仪式……一想到我们可能错过这些，我有些遗憾。我问桑德是否觉得错过婚礼很可惜，结果他说这种婚礼他见多了，早就不稀罕了。

桑德的爷爷奶奶会在婚礼前一天去艾奇维尔参加曼海蒂派对，派对上女人们都会在手上画上复杂精美的手绘。于是我们询问桑德的爷爷奶奶是否可以留他在希拉阿姨家过夜，希拉阿姨说桑德可以睡在阁楼上的行军床上——这简直令我大跌眼镜。

“为什么明明有行军床，我却得睡在独木舟里？”

希拉阿姨笑着说：“有独木舟为什么要睡行军床呢？”

我一时语塞。

最终大家讨论决定，我和桑德第二天自己打车去婚礼现场。希拉阿姨没法送我们，她得去拍卖会竞拍一批真空吸尘器。对让我们自己打车去这件事，她很不放心。

“我有点担心你，露西。既然你住在我这里，我就得对你负责。如果你在路上出车祸，或者遇到地震或龙卷风怎么办？”

昨晚我们看了《绿野仙踪》，可能她因此开始害怕极端天气了。

我安慰她我们不会有事。我们就在她门口打车直接前往婚礼现场，不会出任何差错。她还是有点不放心，差点就准备亲自送我们了。我们再三向她保证，最后由于实在是太想去买吸尘器，希拉阿姨才最终同意我们的计划。

我们原定在婚礼上露个脸，接着就前往博乐姆森林参加试镜，祈祷能在现场观众面前表演，当然更重要的是站在保罗·卡斯特尼面前。一切似乎都没有问题。我尽量克制自己的情绪，保持冷静和专注，但一想到计划即将实现，我就抑制不住地兴奋。五天后，如果一切按计划进行，我将见到保罗·卡斯特尼，请求他帮我治好妈妈，让她重新开心起来。我全身都异常紧张，一切在此一搏。如果这招不管用，我就什么办法都没有了。我完全不敢想这个后果。

26

出发去参赛

婚礼那天早上，当然也是试镜当天早上，我突然感受到前所未有的紧张，好像有人用绳子紧紧绑着我的肚子一样。桑德问我是不是压力太大了，好像是这么回事，但我嘴上却吼道：“没有！”然后让他亲一下威尔伯以求好运。

我看得出来他不想亲，他说道：“我不想亲一个快坏了的西瓜。”

可我肚子实在太不舒服了，我朝他嚷道：“桑德·阿拉沃尔，威尔伯可不是什么普通的西瓜！它一直都陪着我们。你要是不亲它，事情搞砸了，就都是你的错，就因为你没有亲它！”我亲了一下给他看，“你看，没什么难的！快亲，现在就亲！”

我喊完这些话后有些岔气，而桑德已经吓得退到了厨房门口。

我抓起威尔伯放在桑德眼前：“求你了，就亲一下它吧，否则我们会倒霉的！”

他看了我一眼，小声嘀咕了几句，我听见了他的话：“你其实挺像希拉阿姨的。”然后，尽管百般不情愿，他还是亲了威尔伯一下，我瞬间感觉自己不那么紧张了。

在我们出发前，希拉阿姨用手机给我们拍了好多张照片，她说我们看起来漂亮极了——桑德穿着印度特有的高领长外套，我则穿上了自己最鲜艳的裙子。希拉阿姨说等我们老了一定会怀念这一刻。然后她又说了些奇奇怪怪的话，比如以后要把这些照片给我们的孙子孙女看之类的！这女人制造尴尬的能力真是更上一层楼了！

趁桑德去洗手间的工夫，希拉阿姨捧着我的脸说：“你真好看！”可我并不这么觉得。她又亲了亲我的额头说：“你妈妈和我都为你感到骄傲，露西。”

我不需要妈妈骄傲，我需要她开心，我需要她回家。一想到这一切全寄托在我和那些金橘身上，我又紧张了起来。这次挑战承载的东西太多了，我完全不敢想如果我搞砸了会怎样。

出租车早到了二十分钟，但我并不介意，我只想尽快上车，通过艾奇维尔到博乐姆森林去。我抓起背包冲了出去，里面装着我们的金色紧身衣、妈妈和保罗·卡斯特尼的照片，还有两袋金橘。希拉阿姨在我们身后喊道："桑德，照顾好露西，到了一定记得给我发短信。"

"我会的。"桑德自豪地说。他显然很乐意当负责人。我真希望自己没把手机落在学校，但转念一想，就像希拉阿姨说的那样，这是我闯祸后应得的惩罚。

我们系好安全带后，桑德转过头跟我汇报之后的行程，这样正好能减轻我的压力。

"我们让司机等十五分钟左右，在此期间我带你去婚礼现场，跟其他人介绍你，然后当大部队都朝帐篷，也就是仪式举行地走时，我们就偷偷溜走，让司机带我们去工作室。"

我盯着窗外看了一会儿，试图劝说自己这一切真的要发生了。我必须乐观些，我马上就要去录制《世界纪录挑战者》了，马上就要通过试镜见到保罗·卡斯特尼了。然后我们会一起解决妈妈的问题，她会重新开心起来，像之前一样。这本来就是我的计划。

我的自我安慰似乎起了点作用，我感觉心态也发生了些变化，变得有些愤怒，又有些激动。于是我决定把这种情绪叫作愤怒的激动。现在，我很专注，我已经完全进入了状态。

我一边调整心情，一边吃着金橘，差点把金橘都吃光了。桑德拍了下我的手说：“那是你的表演道具，不是早餐。”我才停了下来。

我做了几次深呼吸，也不知道有没有用，因为突然发生了一件让我们瞬间紧张起来的事情。我们还没正式开上伦敦的大路——其实，就在我们刚刚走到城市游泳馆的后面时，汽车突然开进了一条岔路，一个男人上了副驾驶位。

桑德和我面面相觑。我觉得有些不对劲。我开始怀疑打车这主意是不是有些不成熟，也许希拉阿姨说得没错。

我向前倾了倾身子，用听起来特别成熟的声音问道：“不好意思，司机师傅，我们为什么在路边停下接客呢？”

坐在副驾驶位的人转过身来，我立刻认出了他。他就是我和希拉阿姨那天在桑德爷爷奶奶家花园看见的那个矮胖男人。

他咧开嘴笑了笑，但并不是一个礼貌的笑，最多只能算是冷笑。他开口道：“请允许我做个自我介绍。我叫斯坦，你这位朋友那儿……”他用手指了指桑德，“有一样东西属于我。”

我一句话都说不出来，害怕得全身都绷了起来，仿佛一头被割了舌头的牛。

我看得出桑德其实也很害怕，但他还是冷静而礼貌地回答道：“早上好，斯坦先生。很高兴认识你。”

然后他就昏了过去。

这似乎是个不错的法子。

然后我也昏了过去。

27

突发情况

两个昏迷不醒的孩子可能让斯坦和司机都有些害怕，我醒过来时，听见他们正在大声吵吵，车里的气氛瞬间就能被点燃。趁着这两个魁梧的家伙还没反应过来，我开始摇晃桑德，想让他醒过来。起初动作很小，可没有效果，我只得加重力道。我竭尽全力，他还是昏睡不醒，我都快崩溃了。他自己昏过去，留下我来料理这堆烂摊子，真是不地道。

斯坦把头伸到后排，对我吼道：“快说，他还活着吗？”

这句话让我突然慌了起来。我不知道晕倒会要人命，于是我立刻检查桑德的脉搏，正当我准备凑近看他是否还在呼吸时，桑德突然坐了起来，这让我们大家都松了口气，可我立刻又叫出了声，他起来得太突然了，头直接撞在了我鼻子上。

他揉了揉额头，我揉了揉鼻子，斯坦说："好了，孩子们，别害怕，我们不是不想伤害你们。"

桑德尖叫道："你们不是不想伤害我们？所以你们其实想伤害我们吗？"

斯坦喊道："喂！不伤害！我说了我们不是不想伤害你们！"

我本想说我俩撞到一起已经造成了一定的伤害，但明显现在不是挑衅的时候，也没时间像桑德一样在这里讨论语法问题。现在正是逃跑的最佳时间，我刚伸手想去抓门把手，司机就按下了门锁，将所有门锁上了。那一刻，锁门的声音简直令人绝望。

桑德用那双惊恐的大眼睛看着我。我想我肯定也在用同样的表情瞪着他。在当时那么可怕的情况下，我们一切表现都情有可原，我甚至都怀疑出租车里的人是不是能听见我的心跳，因为它在我耳边咚咚作响。

司机转过身看着我们。这是我俩第一次看清他的长相。他头上只有零零星星几根头发耷拉着，但眼神却特别和善。这两个人好像是一对特别爱笑的犯罪搭档。司机对我们笑了笑，说道：“别犯傻。我们只是想要你的手机，仅此而已。”

桑德说：“我没有手机，我爸妈不让我带手机。”如果希拉阿姨没有正巧在这时打来电话，可能他真能蒙混过关。然而，手机铃响了，桑德四处摸索想把它关掉，可太晚了，我们都已经听见了。

斯坦伸出手：“把它给我。”

我朝桑德点了点头：“给他吧。”

桑德拿起手机，颤抖着把手机递了过去。

斯坦笑着说：“真是个好孩子。你们太棒了，你看我怎么跟你说的，伊恩？我就说了我们能拿回来。”

手机又响了，斯坦立刻挂了电话，并调成静音，但电话却一直响，直到斯坦把号码拉黑。

鉴于他们已经得到了他们想要的，我觉得是时候提醒他们放我们离开了。我结结巴巴地开口道：“我们现在可以走了吗？求求你们了。我们今天有一件非常重要的事要做。”

斯坦说：“行，你们走吧。”

我再次伸手去抓门把手，但司机——我现在知道他叫伊恩——却拦住了我们：“别急，他们走之前让我们先看看东西还在不在上面。”

桑德倒吸了一口凉气。我也倒吸了一口凉气。我开始怀疑他们是否真的愿意放我们走。恐惧在我体内沸腾，我感觉

自己马上就要喘不上气，或者哭出来了，也有可能这两者都会发生。

就在这时，桑德握住了我的手，悄声说："别害怕，露西。我们会没事的。"这正是我需要听到的，尽管我不太确定在这种情况下，怎么确定我们会没事。

斯坦把手机递给伊恩。

过了大约一分钟后，他抬起头问道："我的天哪，这是什么？"

“我在一分钟时间内用嘴接住了14个金橘的视频吗？”我问道。

“14个什么？”

“金橘，柑橘的一种。”桑德亲切地提示道，可伊恩看起来并没听懂。

他继续问：“其他东西去哪儿了？信息呢？戴夫藏东西的照片呢？手机上什么也没有。”

“戴夫是谁？他藏什么了？”我问道。

“闭嘴，现在是我在提问。”他把目光转向我们，“你们俩有没有在手机上看到什么不该看到的东西？或者删什么东西了吗？”

我又倒吸了口凉气，这是个恐怖的问题：“我们删除了一条北极动物福利巡逻队的信息。”

伊恩皱起了眉头：“什么？”

“关于 AWP 的信息。”桑德补充道。

“哦，我明白了。”伊恩点了点头，好像明白了什么，“你们看到照片了吗？”

桑德说：“是的，看到了，但它们很没意思。”

我补充道：“特别无聊。”

斯坦说：“你们凭什么就判断它无聊了？你们究竟看到什么了？”

“一大堆环岛的照片。”

桑德说这话时，伊恩和斯坦对视了一下。

“类似公路环岛，不是公园里那种环岛。”我补充道。

“如果再看到那个环岛，你们认得出来吗？”

我耸了耸肩：“我不知道，也许吧。”

伊恩吹了声口哨：“好的，孩子们，看来我们现在遇到了一些小麻烦。”

说实话，我估计这是一种谦虚的说法。

“我建议，如果你们帮我们找到那个环岛的话，我们就放你们走。”

桑德清了清嗓子说：“你们真是太好了……先生们。不过，十分抱歉，我们可能去不了。”

伊恩用一种略带威胁的语气，掰着指关节说道：“对不起，孩子们，这可行不通。现在除了戴夫以外，就你们看见过那个环岛，而且我们现在也联系不上戴夫。”

“你们不能绑架我们！”我喊道，“我们很忙！”

我们很忙可能并不是他们不该绑架我们的最好理由，但这句话却让斯坦犹豫了，他转向伊恩：“我们之前没说要绑架孩子，如果被抓怎么办？”

可伊恩态度坚决：“我不管，你听着，我们不可能把卢顿的所有环岛都挖一遍，那样肯定会被怀疑的。”

作为一个好奇心重的人，我很想知道他们为什么要挖卢顿的环岛，所以我鼓起勇气问道：“你们为什么要挖卢顿的环岛呀？”

斯坦抱怨道：“得，现在好了，这俩孩子知道我们把画藏在卢顿的一个环岛了！”

桑德开口道：“什么画？”

伊恩打了斯坦一耳光，骂道：“你这个笨蛋，他们可不知道画的事，你看看你都说了什么！全露馅了！”

“逃犯们偷的那幅画吗？警察在找的那幅？”我想也没想就开口了。

刚一说完，我立刻后悔了，因为他俩同时转过头来看向了我，伊恩说道：“得，现在好了，太好了。现在怎么办？他俩知道的太多了。”

这话让我有些害怕，我之前看过很多电影，如果人们知道了些自己不该知道的东西，通常结局都很惨。

“我们真的什么都不知道。”我立刻声明道。

“是的，我们什么也不知道，无论是画还是环岛。”桑德附和道。

我给了他一个“你脑子抽了吧”的表情。

斯坦说：“看来他们真知道点什么，现在怎么办？”

“我不知道。”

“头疼，头疼，太头疼了！”伊恩说着揉了揉他的脸。

车里安静了好一会儿——好吧，除我以外。我惊慌失措，六神无主。最后，桑德打破了沉默。

“要不这样，”他说，“我们帮你们找到环岛。”

我又给了他一个“你脑子抽了吧”的眼神。我们不能去卢顿，我们得去博乐姆森林！

“但前提是你们得答应，”他继续道，“找到环岛后帮我们做一件事。”

伊恩转向斯坦：“你觉得呢？”

斯坦耸耸肩看着伊恩：“你怎么看？”

“也许……”伊恩用手搓了搓他的光头，“但他们已经看到我们的脸了，还知道我们和那幅画有关。如果他们抖搂出去怎么办？”

斯坦看了看桑德，又看了看我：“你们会告密吗？你们记得我们长什么样吗？”

我摇了摇头，尽量不去看伊恩那闪闪发光的秃头，说道：“我感觉我一个特征也记不住。”

“我们保证不会泄密，但你们也得发誓遵守承诺。”桑德说这话时极其从容，这让我惊讶不已。他在和劫匪谈判！我没想到他竟然是一位抗压型谈判选手。

他令人惊讶的从容估计也让伊恩大吃一惊，以至于他竟然完全没怀疑桑德，相反，他说道：“继续说，我听听看。”

桑德坐直了身子：“好的，我们需要你们载我们去博乐姆森林的《世界纪录挑战者》海选现场。”

伊恩的眼睛瞬间瞪得像方向盘那么大，他大叫道：“《世界纪录挑战者》！我超级期待这个综艺！！”

这太出乎意料了！可后续事实证明，这竟然不是那天发生的最令人惊讶的事！

28

计划全乱了

和斯坦还有伊恩一起搜寻赃物的过程中，我很快意识到了两件关键的事。后来还意识到了一些其他的事，以后再慢慢告诉你们。

第一件事是，希拉阿姨说在不了解别人的情况下不要轻易评价，这话太对了。与斯坦和伊恩相处的时间越长，我越觉得他们不是什么十恶不赦的坏蛋，他们就是两个傻帽儿。我真想不通他们一开始是怎么偷到这幅画的。

第二件事是，我很快发现，斯坦和伊恩不会伤害我们，这着实让我松了一口气。车门被锁上后，我一度以为真会发生什么可怕的事，可当我看见斯坦连安全带都不会系，而伊恩找了半天也没打开车载导航时，我就放弃了这一想法。事实上，当我慢慢了解他们后，我发现他们其实没那么糟糕。

他们同意带我们去试镜，作为交换，我们要帮他们找到藏着失踪画作的神秘环岛，而伊恩和桑德在发现彼此都喜欢世界纪录后瞬间变得极其亲密（据他俩所说）。

除了呆坐在原地，我无事可做，于是我找机会问斯坦，是什么让他走上了犯罪道路。

斯坦没有转头，只是长叹一声说："可能是为了钱吧。"

如果他转过来看我一眼，说不定就会被我脸上失望的表情刺激到。我不知道问这问题时我期待什么样的答案，但绝不是这个肤浅的理由。

"那为什么不像别人一样找份工作？"我问。

"我们需要很多很多钱，而且要短时间内就拿到。"

"所以就开始偷东西了？"我摇摇头，试图展示出我完全不赞成的态度。

"我们没有偷某个人的东西，只是偷了某个不知名公司的东西。"

我不懂他说这句话是什么意思，只能回答道："但是，斯坦，钱绝对买不到快乐。"

“是的，但它可以买生活必需品。”

我感觉他说这话时有些悲伤，于是继续问道：“比如？你到底需要买什么才让你不得已偷这样一幅无价之宝？”

他没有说话，伊恩突然开口道：“到地方了，是这儿吗？你们看看。”

开车经过环岛时，我向窗外望去。

伊恩追问道：“是这里吗？”

我耸了耸肩，看向桑德，他也耸了耸肩。

我们俩耸肩的行为让伊恩很不高兴，他不耐烦地说道：“孩子们，我们不可能把卢顿所有环岛都找一遍，你们得给我点线索，这个和照片里那个有什么共同点吗？”

我努力回忆着，试图想起手机里的照片，结果我还真想起来了什么，一个极其模糊的画面。“不是这个，那些照片上有花。”

“你确定吗？”斯坦问道。

“是的，我也记得有。”桑德附和道。

伊恩转过身来问：“什么花？”

“五颜六色的。”我努力回忆着。

“什么材质的？”斯坦问道。

“花有材质吗？”桑德反问道。

“我想起来了。有红色、橙色、黄色和粉色的花，在一个大花池里，仿佛一个花束版戴立克[1]。”

“所以我们要找的是一个有花束版戴立克的环岛？”伊恩的语气明显充满了怀疑。

“是的，还有斑马标志。”我好像全想起来了。

“斑马标志？”他显然完全不信我说的话。

“是的，黑白相间的那种。”我回答道。

桑德试图帮忙解释：“我想她指的是那些 V 形标志。”

这句话显然毫无作用，甚至雪上加霜，因为伊恩和斯坦同时问道：“V 形标志？那是什么东西？”

桑德解释道：“就是环岛上用来指方向的箭头。”

“哦，我懂了。”伊恩用手敲着方向盘，“很好，我们正在缩小范围。”

“你记得箭头指的方向吗？”斯坦问道。

伊恩猛敲了下他的头：“箭头都指的是一个方向，笨蛋！”

斯坦怒道：“别叫我笨蛋，你才是笨蛋！”

桑德突然插嘴道：“我们可以靠边停一会儿吗？一直在环岛这里绕圈搞得我有点晕车。”

然后我意识到我也有些难受，毕竟我们已经在同一个环岛绕了十四圈了。

伊恩打了个响指，立刻驶离了环岛：“如果确定不是这一

① 戴立克：科幻故事中发出怪异声音的杀人生物。

个，那就去下一个吧。”

斯坦在前排坐直身子喊道：“现在每个人都睁眼看清楚了，找戴立克花束和斑马标志。”

桑德看了看表：“卢顿有多少个环岛？”

“一百六十三个。”

我心里一凉。看来十点试镜是来不及了，今天一整天我们可能都在开车兜圈子。可我不能让所有的计划和努力都付之东流，而且我很快就要见到保罗，并说服他帮我治好妈妈了。所以现在只有一件事可以做——我得说服他们先送我们去试镜，然后再帮他们找这幅画。我决定唤起他们善良的本性。

“我们可以改天再找吗？我现在必须去节目现场试镜，我真的必须去。”

伊恩摇了摇头：“对不起，孩子，我们不能改天继续，时间紧急。”

我感到自己在微微发抖，但我还是鼓起勇气说：“可是我的事很重要，和我妈妈有关。我们可以改天找被偷的画，明天就可以，我保证决不食言。”

斯坦转过身来，我惊讶地发现他的表情和我一样焦虑。他盯着我的眼睛说：“真的很抱歉，但我不能等，因为这幅画也和我妈妈有关，她现在有麻烦了。”

29

另一位需要帮助的妈妈

我没想过会遇到和我一样有一个需要被帮助的妈妈的人，于是我问道：“什么意思？你妈妈怎么了？”

斯坦叹了口气：“今天是她还房贷的最后一天了，如果我们今天没能还上钱，她就要被赶出来了。”

这听起来有些糟糕，我有点迷茫，想了半天我和他谁的妈妈麻烦更大。当时我没想到的是，可能还有其他人也在忙着拯救他们的妈妈。

“把她赶出去？”桑德开口问道，“谁把她赶出去？”

“应该是贷款公司。”伊恩叹了口气。

这听起来更糟糕了，有一整个公司的人都想把他妈妈赶出去。

“她不能搬来和你一起住吗？”桑德问道。

伊恩摇了摇头：“我们也住在那里。在我们忙着处理这幅画的事情之前。我们是在那栋房子里长大的，不是吗？”

我没说话，这应该不是个问题，而是一个反问句。这是亨特老师在课上教过的一个语法知识点，可显然桑德当时没认真听讲，因为他问道：“是吗？”

结果斯坦说：“就是啊。怎么不是？”

桑德继续说：“我不知道啊，是吗？”

由于时间紧张，而且我不想再听他俩继续耗费精力纠结语法，更重要的是不想看到一个老太太被整个公司的人拖出家门，我说道：“别担心，我们会帮你们找到那个环岛的。”

桑德用他棕色的大眼睛看着我问：“你确定？”

我点了点头，挤掉眼泪说道：“我确定。”

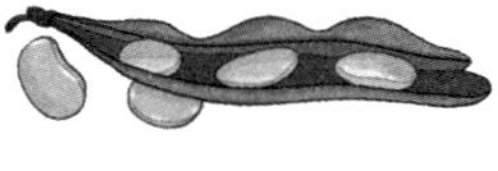

希拉阿姨曾说，做好事终将会被上天看见。我不太确定是不是这样，有次一只小鸟从巢里掉了出来，我把它带回家，和妈妈一起把它放进一个不用的鞋盒里悉心照料，直到它恢复健康，可当我们把它放走时，它做的第一件事就是在我头

顶拉了一泡鸟屎。妈妈笑着说这代表我会有好运降临，可她说错了，我一点儿都不走运。

当我同意留下来帮助伊恩和斯坦时，我想我做的好事确实被上天看见了。在我们开车前往第二个环岛后，我立刻就看见了照片上的那种花。

我把鼻子贴在窗户上，兴奋地喊道：“天哪！就是这个！就是这个花！”

伊恩猛地踩下刹车，我和桑德的脸同时撞到了前排座位上，与此同时，一大堆东西从后备厢的架子上掉了下来。

“看来我们运气还挺好，对吧？”斯坦开口道。

“戴夫选了个好地方。”伊恩点头赞同道，“一条安静的支道，也没什么车经过。”他把车子熄火，走到后备厢前，“开始干活儿吧！”

他从后备厢拿出两件橙色反光背心，两顶黄色安全帽，两把铁锹和一个“施工中”的标牌。我打心眼儿里佩服他们充足的准备工作。

桑德和我在车里目睹着斯坦和伊恩在环形路口前挖了个洞，紧挨着便利店和炸鱼薯条店。当他们从洞里取出一个长方形大包裹时，我非常激动，不自觉拍起手祝贺。桑德一定也很兴奋，因为他喘着气说：“我没想到他们真能找到这幅画。我现在有些内疚——我低估了他俩。”

“别担心，”我一边说着，一边看着斯坦和伊恩讨论着如何一次性把画、铲子和标牌一起搬走，“我感觉他们压根儿就不会想到你会蒙他们。”

伊恩和斯坦最后搬了两趟。第一趟把画放在后座的我和桑德中间，然后把剩下的东西搬回来扔进了后备厢里。

“开车出发，伊恩。”斯坦说，“我们得把这两个人送到博乐姆森林。”

桑德看了眼表，朝我点了点头：“还有时间，没问题的。”

斯坦从手套盒里拿出一张 CD，放进播放器：“要不听点音乐帮你们找找状态？准备好试镜了吗？”

我本想礼貌地回答“那太好了，谢谢你斯坦”，可伊恩突然一踩油门，轮胎在地上摩擦发出刺耳的声音，我被猛地甩到座位一边，于是这句话生生憋在了嘴里。

现在看来，开车去博乐姆森林绝对是我一生中最可怕的经历之一。伊恩下决心一定要让我们准时参加试镜，结果，可能是因为骨子里的犯罪基因在作祟，他根本没管限速这回事。

桑德和我在后座被甩来甩去，好几次被那幅画打到，只能拼命抓着门把手保持平衡。

在保罗·卡斯特尼的专辑《最佳》的歌声中，我隐隐听见了一阵阵呜咽。一开始我以为是桑德，但后来我意识到不是他，他正全神贯注地跟唱。虽然这时跟唱显然不合时宜，

但我估计他是真的太喜欢保罗了。当然，哭泣的也不是斯坦和伊恩，那就只剩下一种可能了——是我自己。我压根儿没意识到自己在哭。终于，当我们把车停在《世界纪录挑战者》录影棚的停车场时，我停止了呜咽，我知道得忙正事了。

然而，当我看见门外浩浩荡荡的队伍时，我又想哭了。

30

抵达录制现场

斯坦和伊恩认为摄影棚停车场是一个交换赃物的好地方，那里人流嘈杂，没人会注意到我们，至少他俩是这么认为的。此外，他们还觉得和两个孩子待在一起等“买家罗德”的消息会比较安全，至少可以让他们看起来不太像犯罪分子。

没出现在婚礼现场，可能会让大家担心，但我们决定先不去想这件事。可我们不知道的是，从希拉阿姨家出发分子分钟后，有人已经在来接我们的路上了。而我们也没考虑到，没打通桑德电话时，希拉阿姨有多恐慌。

我们谁也不会想到，这次在希拉阿姨眼皮底下神不知鬼不觉地到达博乐姆森林的行动计划最终会全线失败。早知如此，我们可能会劝斯坦和伊恩尽早离开博乐姆森林。

即便如此，我只需专注于一件事：创造一分钟内从10米远的距离接金橘最多的世界纪录，这样我们才能见到保罗。好吧，这两件事好像没什么关系，不过你应该懂我的意思。

我们排在一个拿着五把武士刀的男人后面，我猜他可能会表演抛武士刀，心里立刻感叹幸好当时我们没选这一项。我们本以为要排很长时间，可突然一个摄制组出现在了队伍周围，然后我们又幸运了一把。

对着镜头的女主持人穿了一套亮粉色西装，嘴上涂着同色系口红，脚上穿了一双夸张的黄色皮靴。她整个人看上去极其亢奋，对一切都兴趣盎然。她沿着队伍走走跳跳，大声和参赛选手打着招呼，挥手致意，偶尔停下来采访一两个参赛选手，让他们讲讲备赛的趣事。

当看到桑德时，她立刻停下来，把麦克风伸到他鼻子底下问道：“你好啊，小朋友！我是特里克茜·霍克，你叫什么名字？你好可爱呀！”

听到“可爱”两个字时，桑德笑着说道：“我叫桑德·阿拉沃尔。”

“这名字太酷了！你今天来干什么？”

“我和我朋友一起来创造一分钟内用嘴接最多金橘的世界

纪录。”

特里克茜看着我问道：“你好，你叫什么名字呀？”

我等着她说我也很可爱，可她没有，所以我叹了口气说：“我叫露西·罗伯逊。”

“所以你今天是来帮他完成这个……不寻常的任务吗？”

听见这话，桑德又笑了起来。

我情绪有些激动地回答道：“我才是那个不寻常任务的挑战者，桑德是来帮我的。”

特里克茜似乎并没意识到自己的错误，她回过头继续采访桑德道：“你是为了某个特别的人来的吗？”

桑德回答道：“是的。我们要为一个特别的人表演这个纪录。我们是为露西妈妈来的。今天是非常重要的一天。”

特里克茜转过身来问我道：“真的吗？你这么做是为了你的妈妈？”

不知为什么，听见这话时我突然哭了起来。

桑德、伊恩和斯坦都有些尴尬，但特里克茜……她看起来非常高兴，转向那个站在摄像师旁拿着写字板的女人喊道：“太棒了，珍妮特！你看见了吗？悲情元素！我们得重点报道这两个孩子，桑德和露西，为妈妈而来。这就是我们想要的！”然后她转向我们说道，“太好了！观众会喜欢你们的！”

我不明白为什么她这么兴奋，还说这是件好事，但我确实喜欢被人喜欢。

珍妮特兴奋地点着头，几乎尖叫地喊道：“如果再有一只小狗，那我们就可以触及所有观众的泪点了！”

特里克茜转身笑着问桑德：“你们的表演会不会和小狗有

关呢？”

“不，只和金橘有关。”

“真可惜，不过没关系，这些就够了。”她转身问伊恩和斯坦，“你们是他们的监护人吗？在让他们上台前我们需要得到大人的同意。”

我可怜巴巴地看着他们。

于是斯坦和伊恩回答道：“是啊，当然是了。”

“太棒了！亲爱的，让我们开始吧！”特里克茜大步朝门口走去，高跟鞋在人行道上发出咔嗒咔嗒的声响。而我们仍愣在原地，不知道发生了什么，直到她停下来，转身大声喊道：“珍妮特！”

珍妮特吓得扔掉了写字板，又手忙脚乱地想把它捡起来。

特里克茜显然对珍妮特的反应很不满意，她问道：“你干什么呢？”

珍妮特结结巴巴地说：“我……我……我……”

特里克茜极其夸张地叹了口气，又翻了个白眼说道：“赶紧把两个孩子带去后台。”

桑德和我同时看向对方。后台！听起来有戏！我们终于要见到保罗·卡斯特尼了！看来马上就可以求他帮忙让妈妈重新开心起来了！

31

后台采访

可能是因为突然提到了妈妈，我有些情绪失控，所以才在那么多人面前哭了起来。我简直无地自容，但又不停地告诉自己要像其他世界纪录挑战者一样，迅速打起精神。我们经过长长的队列走向后台，慢慢地，我又振作了起来。

我们被带到一个白色的房间，中间是一个灰色的大沙发。特里克茜说她要先去补妆。她脸上都已经涂得那么满了，我实在看不出还有哪里能补的。

拿着写字板的珍妮特让我们在这里稍做休息，工作人员马上就到，还嘱咐我们想要什么尽管拿。她走后，我赶紧向斯坦和伊恩解释尽管拿不是说可以拿走电视，而是说桌上的零食可以随便吃，饮料可以随便喝。

我有点紧张，什么也吃不下。桑德却很有胃口，一连吃了八小包洋葱味薯片。我猜他的舌头肯定刺痛得厉害。很快伊恩和斯坦也加入了扫荡食物的行动，我还没见过这么快就吃完一整根瑞士三角巧克力的人。

工作人员推门进来时，伊恩和斯坦正在争论他们能不能直接把一整个巧克力橙塞进嘴里。这位工作人员直接坐在了灰色的沙发上，拍了拍身旁的位置对我和桑德说："桑德、露西，我叫布鲁塞尔，能和你们简单聊聊吗？"他歪着头对我微微一笑，装腔作势的样子让我想直接冲他脸上来一拳。

当然我没这么做，这时斯坦突然插话道："不好意思，老兄，你是说你叫布鲁塞尔吗？"

"没错，布鲁塞尔，布丁的布。"

"为什么是布丁的布？"伊恩一脸困惑地发问。

布鲁塞尔直接忽略了这无关紧要的问题，转向我说道："好消息，你们已经通过审核，马上就能上台试镜了。不过在此之前，我想先问你们几个小问题。特里克茜说你们今天是为妈妈而来，能跟我讲讲这件事吗？"

我本不想和他讨论这事，但直觉告诉我如果想见保罗·卡斯特尼，我就必须给他想要的东西。

我深吸一口气，说道："我只是很想让妈妈开心起来。"

布鲁塞尔追问道："能跟我讲讲你妈妈为什么不开心吗，露西？"

我没说话，于是他继续问："是有亲人去世了吗？爸爸妈妈离婚了？还是妈妈失业了？"

我摇了摇头，他看起来很失望。

"那是为什么？你妈妈为什么不开心？"

我不知道该怎么回答："她好像做什么都不开心。"布鲁塞尔盯着我，点头示意我说下去，我不知道该说些什么，只好跟他讲妈妈不开心时候的样子，讲妈妈隔一阵就会不开心，有时候她的不开心很短，有时候又好像会永远这样下去一样。我告诉他我很爱妈妈，告诉他妈妈之前是个特别有意思的人，所以我真的真的想让她快点好起来，像其他人一样。

说这些话时，我没看其他人，当我再次抬头看向布鲁塞尔时，我发现他在微笑，看来他喜欢我讲的内容："所以你希望通过今天的表演让她开心起来，是吗？"

我想这应该是个反问句，所以我没跟他透露重点其实是见保罗，而不是表演；而且他已经站了起来，显然也没准备让我回答什么。

他对我们宣布道："我马上就回来，带你们去后台换衣服准备上场。很高兴通知你们，现在你们正式获得登台表演的机会了！”

桑德突然在旁边大叫道：“哦耶！”吓了我一大跳，由于太沉浸在妈妈的回忆里，我差点忘了他还在旁边。他伸出手想和我碰拳，而我则准备和他击掌。现在我们已经习惯了，在这件事情上我俩永远没有默契。

布鲁塞尔走出房间时，我看见他从屁股口袋里拿出对讲机说道：“我和俩孩子聊完了……太可怜了，孩子妈好像有心理疾病，应该是抑郁症，最近好多人得。”

心理疾病。

这四个字刺痛了我。我不知道为什么这么伤心，可能是因为冰冷的事实突然被一个陌生人说出来了。平常大家只是委婉地提到，比如“听说你妈妈最近不太开心，她还好吗”或者“你妈妈只是有点难过，没关系，她会好起来的”，但我知道远没有那么简单。妈妈确实病了，她需要别人的帮助，我希望我是那个能帮她的人。

我抬起头，意识到了两件事：

第一，桑德、斯坦和伊恩都在盯着我。

第二，我又哭了。那些一直隐藏在我内心深处的焦虑、恐惧和担心，好像突然找到了发泄的出口。

我觉得自己很渺小，所有秘密都暴露在了别人面前。然后又感觉自己快要被挤扁了，因为他们三个都跑过来抱住了我，神奇的是，我真的没有那么难过了。我慢慢又有了斗志。

伊恩开口道：“需要我们把那男的揍一顿吗？”

我摇了摇头，我不需要他做什么。

我知道我该做什么。

32

第一个上场

一切都进展得很顺利。布鲁塞尔突然冲回房间，让我们立刻行动起来，我们被安排在第一个上场，因为他想结束后让我们参加“达人访谈”环节。我很喜欢“达人”这个叫法。

我们在更衣室换上了金光闪闪的表演服。当我们走出更衣室时，我从布鲁塞尔脸上的表情看出他很满意我们的准备。

斯坦评价道：“你俩好像两枚闪闪发光的硬币。”

伊恩也附和道：“我感觉我得戴上墨镜，太晃眼了。”

布鲁塞尔则快速把我们推出房间：“保罗表演完开场曲后你们就直接上场。他会在每个参赛者演出前表演一首热门歌曲。现在最后确认下，都准备好了吗？”

“准备好了。”我拍了拍背包里剩下的金橘，自信满满。那时我还不知道自己的舞台恐惧症会那么严重，也不知道希拉阿姨和桑德的亲戚早已急疯了，更不知道还会有警察出现。

布鲁塞尔领着我们穿过迷宫般的走廊，经过满屋子拿着呼啦圈、杠铃、杂耍球、旱冰鞋和电锯排练的选手。我看到一个人拿着一个盒子，里面装满了彩色的夹子，他正开口提醒助手：“小心别夹眼皮上，特别疼。”

我意味深长地瞥了桑德一眼。“再跟你说声对不起，”他说，然后又降低声音哼哼道，“虽然并不是我的错。”

我本想冲他发脾气，但转念一想，现在不是吵架的时候。

路上布鲁塞尔一直在和我们聊天。

“我们到时候能和保罗·卡斯特尼单独聊几句吗？”我装作顺嘴一问，其实语调里还是能听出不对劲来。

桑德跟着附和：“如果能让我们和保罗·卡斯特尼私下见一面就太好了！我是他的超级粉丝！超级超级大粉丝！”

布鲁塞尔停下脚步，用一种只能被形容为怀疑的目光打量着我们：“你俩不会想要什么花招吧？”

穿着金光闪闪的连体衣用嘴接金橘不就是我们马上要耍的花招吗？所以我不太知道该怎么回答他。

“大家都知道，保罗先生不喜欢和普通人聊天，尤其不喜欢临时发起的那种。所以，除非他主动和你们说话，否则你们不能和他搭讪，明白吗？”

我把照片从背包里拿出来：“你看，他认识我妈妈。我想他可能愿意跟我说话。”

布鲁塞尔看都没看照片，继续强调道：“相信我，不可能的。一定要记住我的话，他不喜欢和普通人聊天。”

斯坦在一旁插嘴道：“要这么说的话，这个保罗先生可能脑袋有点不正常。”

伊恩也问道：“那他喜欢和谁说话，奇特的人？”

布鲁塞尔把双臂环抱在胸前：“他只是不喜欢意外，仅此而已。你们上台可以冲着他做自我介绍，但除了姓名和参赛原因，其他一律不准提，听懂了吗？”

严格来讲，我参赛的原因就是想请保罗去见我妈妈，所以这不算题外话，于是我回答“听懂了”。

现在回想起来，我开始感觉紧张和心虚应该是站到舞台一侧的时候。看见保罗·卡斯特尼走到钢琴前，听到雷鸣般的掌声，身处上千人的演播室，我突然意识到，我从没想过会在这么多人面前表演。这简直是一个天大的疏漏！特别是在之前我所有的公开表演经历都以失败告终的情况下。三年级上台表演话剧时，我吓得当场尿了裤子；四年级我扮演一棵仙人掌，结果紧张得直接变成了哑巴；然后五年级演《雾都孤儿》时，我竟然在舞台上说了四年级演仙人掌时应该说的那句台词！我当初真应该再仔细考虑下这个计划！

可当我转向桑德时，我突然就忘记了自己的紧张。只见他脸色白得吓人，眼睛睁得老大，我都害怕他的眼珠从眼眶里掉出来。

“你还好吗？”我用颤抖的声音问道。

他用更抖的声音回答我：“我只是突然觉得，我不想变得有趣了，我感觉

做一个无聊的人也挺好的。无聊没什么不好，你说呢？”

观众席又传来了一阵雷鸣般的掌声，我的胃开始像一条濒死的鲭鱼一样翻腾起来。桑德说得没错，无聊确实没什么不好。

现在想来，当时我们完全可以直接逃跑，但我俩没有，只是呆呆地僵在原地，直到满脸微笑的特里克茜·霍克从我们身旁走上舞台。她激动地在舞台上跳来跳去，介绍保罗·卡斯特尼是“有史以来最优秀的歌手”，这说法有点夸张，我个人感觉他的唱功还有待加强。而桑德则大张着嘴，满脸崇敬之情。

保罗·卡斯特尼表演完后在其他两位评委中间坐了下来，对着镜头微笑着眨了眨眼。

然后，特里克茜·霍克对着麦克风大喊道：“现在我要立刻向大家介绍我们的第一组世界纪录挑战者。女士们，先

生们，男孩们，女孩们，让我们掌声欢迎露西·罗伯逊和桑德·阿拉沃尔！”

观众席传来潮水般的欢呼声，我突然感觉一阵恶心，可我却在庆幸，至少不会比尿裤子更差了。

33

舞台恐惧症

还没等我俩反应过来，布鲁塞尔就把我们推上了台。我的腿完全不听使唤，就好像穿上了脚蹼一样。舞台上的光晃得人眼花缭乱，再加上这一身金光闪闪的连体衣，我几乎什么也看不见，更不敢去看桑德，怕他衣服的反光加重这一效果。我感觉我可能会成为第一个因为盯着别人后背看而导致视网膜灼伤的人。

然而，视力并不是当前最重要的问题，此时我们已经走到了舞台中央，坐在保罗左边的女评委开口道："欢迎来到《世界纪录挑战者》节目现场！我是扎拉·梅林德尔。能向观众朋友们介绍下你们今天的表演内容吗？”

我和桑德都没开口，不是因为我们觉得这个问题不言自明，而是因为我俩都忘了该怎么说话，太可怕了！

扎拉在座位上挪了挪身子，她长长的耳环跟着晃动了起来。她又冲我们笑了笑，说道：“我知道你们可能有些紧张，没关系，放轻松，做个深呼吸，现在告诉大家你们想表演什么吧！”

然而，我们依旧像两棵仙人掌一样杵在原地。

保罗·卡斯特尼右边的评委，曾担任早间节目主持人的帕梅拉·西弗顿也开始鼓励我们，试图让我们开口，但我的注意力完全被她的脸吸引了，她的脸就像是被电风扇一直吹着一样，所有的皮肤都往后拉扯。

她问道：“听说你们准备用金橘做一些了不起的尝试，对吗，桑德？”

桑德紧张地跺了跺脚，点了点头。

就在这时，我突然意识到：等等！不是桑德要用金橘做什么，而是我！这是我的计划，我才是那个创造世界纪录、拯救妈妈的人。

可能是再次被忽视的愤怒激活了我的嘴部神经，我开口了：“各位评委，观众朋友们，大家好，我叫露西·罗伯逊，这是我的朋友桑德，也是我此次表演的搭档。”我刻意强调了

“搭档”两个字，“今天我创造表演一分钟内在10米远的距离用嘴接最多金橘的世界纪录。这里我需要提醒一下大家，这个动作比较危险，我们受过专业训练，请大家不要擅自模仿。”

我并不是想自吹自擂，但我觉得在这一方面我确实是专业的。这一点毋庸置疑。

桑德依旧站在原地一动不动，于是我只能把装金橘的篮子塞进他手里，然后把他推到了舞台的另一侧。

然后，我转向保罗问道：“保罗先生，在开始表演前，我可以问您一个问题吗？”

我认真地盯着他亮晶晶的眼睛，这一刻我等了太久了，我只需要告诉他妈妈的名字，再邀请他帮我治疗妈妈就行了。

他回答道：“人人都知道，我是个喜欢神秘的人，我也不想破坏自己的神秘感，但是……”他用手指向我，“今天，我允许你问一个问题，而且我保证我一定如实回答。”他站起身，看向全场的观众，现场立刻响起一阵尖叫声，我也不懂为什么大家会觉得这是一个激动人心的环节。等尖叫声平息，保罗又开口道：“但前提是，你要能创下一个世界纪录。”现场沸腾了。

我可以问他一个问题，但是得先打破世界纪录？真有你的，保罗。

这一局面本该使我压力更大，但当时我却完全没在意，我想着：好吧，那我就打破纪录给你看看，然后我就能问问题了。我坚定地朝桑德点了点头，说："我准备好了！"

桑德把一兜金橘放在钢琴上，从中拿了一个举起来让观众看清楚。然而，相比于金橘，他颤抖的双手显然更引人注目，这可不是什么自信的表现。

我张着嘴，站在舞台的另一侧，准备接"球"。此时，一对身穿白色西装的男女走上舞台，手里拿着闪闪发光的写字板，我猜他们是纪录公证员。

音响里传来一阵响亮的鼓声。桑德和我都吓了一跳，惹得台下观众一阵哄笑。随后，白衣女士用高傲的语气喊道："一切准备就绪！"

我双手对桑德竖起了大拇指，他还是一脸迷茫。

我屏住呼吸，在脑海里回忆妈妈的笑脸来给自己打气，但什么都想不起来。

"请在大屏幕显示一分钟计时。"白衣男士开口道。

我们身后的屏幕上出现一个巨大的数字时钟。我的心跳立刻加速了三倍。

然后，所有观众开始从三倒数，我还没准备好，计时就开始了！

桑德扔出了第一个金橘，但角度并不是很好，我感觉这不是个好兆头。舞台上刺眼的灯光、演出服的反光、成千上万的现场观众、保罗最后的话以及桑德满头的汗水都让我备感紧张——第一个金橘没能接住。不能怪我，肯定是因为桑德没扔好。金橘从他潮湿、颤抖的手里飞出后，落在了他脚边 12 厘米远的地方。

观众们再次爆发出哄堂大笑，白衣女人也露出了一个讥讽的表情。桑德呆呆地看着我，仿佛灯光下的一颗瑞士巧克力糖，我只能大声朝他喊道："快，继续扔啊！"

他立即行动起来，开始飞快地朝我扔金橘，然后接下来发生的事，我只能怪我自己。

我一个金橘也没接住。

我不知道这是怎么了，好像一瞬间完全丧失了用嘴接东西的能力。第二个金橘砸在了我脸上，第三个打在了脖子上，第四个、第五个分别打在了我的左右镜片上，使我的视线越发模糊。我不太记得后来发生了什么，只记得一直在被水果炮弹攻击。结果我一个金橘都没接住。别说接住了，连嘴巴都没碰到。我只是站在那里，在全国观众面前，张着嘴，不断被金橘砸中。好吧，当时还不算是在全国观众面前，因为节目还没播出。后来节目播出时，我有幸和其他人一起欣赏了自己的尴尬场面。

最后，我也不记得是因为时间到了，还是桑德手里的金

　　橘扔完了，又或者是某位评委叫停了这场灾难。我只记得保罗身子前倾靠近麦克风，张了三次嘴，才缓缓说道：“嗯……这表演有点出乎意料呀。”

　　帕梅拉·西弗顿好像在皱眉，可她脸上的皮肤似乎又在反抗这一举动。她说道：“我不太确定这是什么表演，但我敢

肯定这不是一场世界纪录挑战。”

我对此毫无辩解之力。

扎拉抿嘴笑了笑，开口道：“非常感谢你们的努力。可是很遗憾，你们没能挑战成功。”然后她低头看了眼写字板，准备宣布下一个表演。可我不能就这么下台，我还没问保罗妈妈的事。

我用充满恐惧的声音喊道："保罗先生，下场前我能问你个问题吗？"

我觉得我应该直接问："保罗先生，你还记得莉莉·罗伯逊吗？你可以去看看她吗？"可我没能说出口。

保罗回答道："我记得我说过，如果你创造了纪录，我就能回答你的问题。你创造纪录了吗？"

我摇摇头，几滴金橘汁从头上流了下来。

"那么除非你们还有别的纪录可以挑战，否则我们只能就此打住了。"

我真该直接提问！可当时处于那种境地，我的脑子一片混乱。

布鲁塞尔朝我们疯狂挥手，示意我们赶紧下台，他身后不知何时多出了两名保安。

直到这时，我才意识到，我的计划彻底失败了。

一切都结束了。

可突然，桑德说了句让所有人都大吃一惊的话。

34

挑战世界纪录

三位评委互相对视了几眼，然后又看向桑德。

我简直不敢相信自己的耳朵，只能悄悄问他：“桑德，你要干什么？”

桑德没理我，径直向前迈了一步，两手叉腰，仿佛一个超级英雄一样宣布道：“保罗先生，如果您允许的话，我想尝试打破一项世界纪录。”

扎拉拨弄着她长长的耳环，转向保罗问道：“这是你的主场，你怎么看？”

桑德又向前迈了一步：“保罗·卡斯特尼先生，请给我一个机会吧，这对我来说非常重要！”

保罗·卡斯特尼拂了拂衬衫，缓缓开口道：“说说看，为什么这对你来说很重要？”

桑德咽了口唾沫，又看了我一眼，说道：“因为我想让我最好的朋友露西问出她的问题，她宁愿在全国观众面前被砸一身金橘汁都想问这个问题，说明这对她来说非常重要，而对她非常重要的事，就是对我非常重要的事。”

保罗突然转身面向观众席喊道：“你们感受到这懵懂的情愫了吗？”

所有人都发出了哇的一声，我的脸涨得通红，脸颊甚至有些刺痛。

“我怎么能当真挚友情的绊脚石呢？”他继续推波助澜。

我的脸仿佛火烧一般烫，只能死死埋着头，盯着地面。

保罗夸张地挥舞着手臂说道：“当然可以，桑迪普……”

“桑德。”

“好的，桑德，你当然可以挑战一项世界纪录……你想挑战什么纪录来着？”

“谢谢你，保罗先生。”桑德回答道，然后用极其自信的语调向全场观众宣布，“我，桑德·阿拉沃尔，想挑战世界上用最多的身体部位弹钢琴的世界纪录。”

他夸张地鞠了个躬，又做了几个马步蹲和青蛙跳热身。

然后他走到那架巨大的钢琴面前，闭上眼，深深吸了口气。我眼睁睁看着他做完这一系列动作，大脑飞速思考着他到底想干什么。

他坐在了琴凳上，活动了下手指，然后对着我——到现在我也不太确定他当时是不是故意对着我的——说道：“我能弹奏保罗·卡斯特尼的代表作《你是我的幸福》吗？”

台下一片哗然，然后是一阵高过一阵的欢呼声，直到那位傲慢的白衣女士出面示意大家安静，然后全场就只剩下斯坦和伊恩还一直喊着：“加油孩子！”“你是最棒的！”最终白衣女士不得不警告他们再不闭嘴就要被逐出现场。

而我，依旧脸颊滚烫地僵在舞台中央，浑身上下布满金橘汁，仿佛一个金色的吉祥物。现在最好的办法就是赶紧逃离现场，但我不敢这么做，只能低着头站在原地，希望没人注意到我。这显然不可能，直到桑德开始弹奏。

当桑德按下第一个琴键后，我立刻意识到没人会看我了，所有人的注意力都会放在他身上。

因为他的表演实在太精彩了。

他刚一开始演奏，所有人便仿佛着魔了一样全被他吸引了，他简直就是个音乐天才！奇怪的是，我之前竟然完全没听过他弹琴，怎么会这样？

他的手指在琴键上飞速跳动着，可能有人弹钢琴会让人

感到无聊，但他完全不会！

尤其是他开始用身体的其他部位演奏的时候。

那一刻，他的表演上升到了一个新的高度。

上升到了能挑战世界纪录的高度。

一开始，他先用胳膊肘演奏。噔噔噔噔——居然没落掉一个音。

观众一片欢呼。

然后是左脚——咚咚咚咚，紧接着是右脚——叮叮叮叮。

欢呼声更大了。

再后来是耳朵、另一个胳膊肘、下巴甚至鼻子——嗒嗒嗒嗒。这一姿势为他迎来了潮水般的掌声。最后是屁股——砰！人群沸腾了！

评委们也几乎要从椅子上跳起来了。保罗·卡斯特尼不停用口形和手势表达他的兴奋。所有人都很喜欢这个表演！我也很喜欢！桑德太棒了！

突然，礼堂后面某扇门被撞开了，希拉阿姨和两个警察，以及其余大概四十多人一股脑儿拥了进来。大部分人我都不认识，但看起来像是从印度婚礼上直接赶来的。而最令我没想到的是，走在最后面的竟然是妈妈。

35

糟糕！被发现了

希拉阿姨怒气冲冲地从座位间的过道上冲了下来，她那华丽的长衫在身后摆动着，仿佛超级英雄的斗篷。妈妈跟在她一旁，身上的羊毛衫紧紧包裹着她，而她的双眼则紧紧盯着我。舞台两侧的保安试图拦住她们，但刚一靠近就立刻被她们身上散发的可怕气场吓得直往后退，然后又被桑德的大大和大太，以及一对年轻男女——大概率是桑德的父母——带来的满脸怒气的婚礼宾客推到了一旁。

不瞒你们说，这绝对是我见过的最恐怖的场景之一。光看希拉阿姨和妈妈的表情就知道我们肯定闯大祸了。然而，在如此混乱的场景之下，桑德仍旧在忘我地演奏《你是我的幸福》，用他的屁股和左手手肘敲击着琴键——叮叮叮咚！

最终，桑德在热烈的掌声中结束了表演，这时希拉阿姨、妈妈和其他人也都拥上了舞台。直到那一刻，他才意识到眼下发生了什么，一切都败露了，他看着拥上来的一群人，突然停止了所有动作，僵在了原地。然后，他看见大太站在最前面，双手交叉，一脸疑惑地瞪着他，他整个人吓得都要缩进那金色的表演服里了。然后，他又看见了站在不远处的爸妈，脸上立刻露出了更加痛苦的表情。他下意识开口道："妈，听我解释。"

可他并不需要这么做——虽然解释确实是个明智的选择，至少可以拖延时间——但他妈妈已经一下子冲到了他面前，双手捧着他的脸说道："桑德！你的表演简直精彩绝伦！我从没看见过……我是说……不仅技术完美，还特别有激情！那是没法练习的！你说呢，南迪？"

男人回道："我为你骄傲，儿子！"

没等桑德有机会开口，保罗·卡斯特尼喊道："天哪！天哪！这简直是难得一见的画面！《世界纪录挑战者》舞台正需要这种家庭的力量！"他显然误以为这一切都是设计好的，接着说，"我从没见过这样的表演。一切都很完美，无论是选曲还是演奏！太精彩了！不过这算世界纪录吗？"

由于希拉阿姨并没拿麦克风，所以除了我没人听见她朝台下喊道："我不管这是不是世界纪录，谁能跟我解释下为什

么这两个孩子没有大人陪同就站在这里，大明星先生？”

我感觉有人握住了我的手，是妈妈。我看着她，她的眼神比几周前去医院时亮了很多，我忍不住朝她笑了起来。她也朝我笑着——尽管她脸上的表情看起来还是有些担心或生气。她说道：“露西，我很担心你。希拉打电话告诉我你没有出现在婚礼现场，我简直不敢往下想象。”

我什么也没说，我只想仔细看看她。

她摸着我的脸问道：“宝贝，到底是怎么回事？你们为什么穿着希拉阿姨 ABBA 乐队的演出服站在舞台上？你怎么浑身黏糊糊的？”

我完全没心情解释金橘汁、紧身衣，或者我站在舞台上的原因，我只想紧紧拥抱她，其他什么事都不想做。我想她也和我一样，因为她也紧紧抱着我，勒得我都要喘不过气了。但我一点儿也不在意，因为这个拥抱似乎把我心里的难过挤走了。

我本想一直和妈妈抱下去，可这时，保罗·卡斯特尼的

声音突然从麦克风里传来，我意识到自己还在舞台上。

保罗指着穿白色西装的一男一女问道：“你们能确认下这是否算一个世界纪录吗？”

西装男看了看他的写字板，然后又和傲慢西装女耳语了几句，然后她也看了看写字板。之后，西装女对着全场观众宣布道：“经确认，这确实是一个世界纪录。”

话音刚落，大量金色纸片从天而降，观众又欢呼了起来，然而舞台上每个人都神态各异：有人愤怒又困惑，比如希拉阿姨和桑德的亲戚们；有人害怕又忧虑，比如桑德；有人则兴奋又开心，比如我和妈妈。

欢呼声终于停下来后，希拉阿姨抓住我领子上的麦克风问道：“谁能跟我解释下，为什么这两个孩子可以在没有成年人的陪同下参加这种匪夷所思的节目？”

太扫兴了！

保罗、扎拉和帕梅拉听完这话明显变得有些不自在。我想我可能已经习惯了被一个穿着宽大衬衫、一头粉色头发的女人训斥，显然他们还没有。这时，布鲁塞尔跑上舞台，挥

舞着一张纸喊道："我们从爸爸们那里得到过许可。"

所有人都转过头来看着斯坦和伊恩，他们俩正站在舞台的一侧。

希拉阿姨看了看妈妈，妈妈看了看我，我看了看桑德。然后希拉阿姨开口道："他们到底是谁？"

桑德没说话，我也没说话。但跟在希拉阿姨旁边的一个警察突然开口道："这是斯坦·特朗克和伊恩·特朗克。"

听见这话，斯坦和伊恩撒腿就跑。

36

妈妈的幸福钥匙

现在回想起来，我已经很难记清楚当时究竟发生了什么，现场实在是太混乱了，我只剩一个大概的印象。

扎拉突然站了起来，长长的耳环疯狂地左右摇晃着，她大喊：“保安！保安！”其实现场就有警察，完全没必要再叫保安，而且说实话，她叫得挺烦人的。

帕梅拉一屁股跌回到座位上，一只手抚在胸前，嘴里发出哀号，仿佛丢了魂一样。她脸上一直没有表情，所以我也搞不清她怎么想的。

突然，和希拉阿姨一起来的警察在我左边喊道：“特朗克兄弟，不许动！”

可斯坦和伊恩根本没听这话，他们嘴里骂着脏话，穿过舞台朝安全出口冲去。别看他们个头儿大，跑起来的速度还真不慢。伊恩经过我时，把什么东西塞进了我手里，我俩对视了一瞬，他飞快地低声说道：“帮我们照看下妈妈，孩子。”

警察经过我身边时，我本想一下子抱住他们，为两个假爸爸争取更多的时间。结果根本不用我出手，他们踩到了掉在地上的金橘，摔了个狗吃屎，给了斯坦和伊恩几秒钟的逃脱机会。两兄弟从安全出口冲了出去，然后就是一阵刺耳的警报声，现场更加混乱了。

警察们挣扎着爬了起来，结果经过桑德时，他们又一次全部摔在了地上。不知什么时候钢琴凳被推到了舞台中央，而那些警察——毕竟和我一样，都不是职业的跨栏选手——再一次纷纷绊倒。

桑德彬彬有礼地不停道歉：“实在抱歉，我不是故意的。”趁着扶起警察的间隙，他冲我眨了眨眼，我就知道他是故意的。他还真是挺仗义的。

警察们消失在了安全出口，终于有人把刺耳的警报声关掉了。

我看了看桑德，他低声对我说：“希望他们能逃走。”

我也这么希望，但我感觉成功概率不大。

我都快忘了，我们还站在评委和观众面前，直到保罗·卡斯特尼用响亮而又略带愤怒的声音喊道：“我们可以继续录节目了吗？”显然他很不喜欢自己被人忽视。

然后他看着桑德，勉强微笑着问道：“创下世界纪录的感觉怎么样，桑迪普？”

台上四十多个桑德的亲戚异口同声喊道：“他叫桑德！”

桑德看了眼父母，然后转头看着保罗说道：“我感觉非常好，谢谢你，保罗先生。不过，如果您不介意的话，现在露西可以问问题了吗？”

保罗搓了搓双手，显然很高兴大家的注意力又回到了他身上，他说道：“当然可以，请问吧，露西小姐。”

我看了看妈妈，看了看保罗·卡斯特尼，又看了看妈妈。她冲我做了个鬼脸：“露西，你想干什么？”仿佛猜到了我的心思一样。

我深吸一口气说道：“保罗·卡斯特尼先生，这是我妈妈，莉莉·罗伯逊，我想，你就是让她幸福的钥匙。她曾经因为你而开心过，因为我看到了你俩的合影……”我从背包里拿出照片，举了起来，“你们当时是很好的朋友。照片背后还有几个字，你知道写的什么吗？写的是‘你是我的快乐之源’。你看照片上你们俩都笑得很开心，妈妈当时看起来特别高兴。现在我想让她重新开心起来，如果你就是让她开心的密码的话，我希望你能来我家和妈妈一起喝杯茶。你喜欢吃千层面吗？如果不喜欢，希拉阿姨家还有很多牛舌和沙丁鱼罐头可以吃。对不起，我应该是问了不止一个问题。你可以只回答是否能来我家喝茶。”

我从没见过如此安静的场面，现场鸦雀无声，这感觉极其神奇，仿佛所有人都被按下了暂停键一样，只有你自己还能说话。

保罗没有说话，其他人也没有说话，我开始怀疑我刚才是否真的出了声，还是只是在脑子里说了一大通。当我正准备重复一遍刚才的话，并删掉牛舌和沙丁鱼罐头的部分时，保罗开口了：“对不起，孩子，我从来没见过这个女人，一定是有什么误会。”

我看了看妈妈，我当时以为她脸上的表情是伤心，但现在想来应该只是担忧。她把手搭在我肩膀上说道：“天哪，露西，原来，这一切都是为了……我不知道该说什么了。”

“我想找到让你幸福的方法，妈妈。而现在他就坐在那儿。”我抓住她的手把她往前推，“请你再仔细看看，保罗先生，你一定见过她的，拜托了。”

保罗认真盯着妈妈，过了一会儿，他开口道：“对不起。我想我真没见过你。”

妈妈微微闭了闭眼，然后又摇了摇头，等她睁眼时，她说道：“我们确实见过，不过我没期望您能记得我。”她转向我解释道，“露西，我不认识保罗·卡斯特尼。几年前我和希拉阿姨一起去看他《你是我的幸福》专辑的演唱会，因为希拉阿姨收集了一大堆鸡肉蘑菇汤罐头优惠券，我们获得了去后台和他合影的机会。”

希拉阿姨走到我身边，平静地附和道：“一千零一十六张优惠券，如果我没记错的话。”

妈妈捏了捏我的肩膀：“保罗·卡斯特尼不是我幸福的答案，露西，而且你没必要去找……”

她还在说什么，但我没仔细听下去，我意识到我犯了个极其严重的错误，一切都白费了。威尔伯，晾衣夹子，穿脚蹼跨栏，用嘴接金橘……一切都是在浪费时间。

我低头盯着自己金光闪闪的肚子，感觉自己简直就是个大笨蛋。我真

想赶紧逃回希拉阿姨家躲进独木舟里，可我突然感觉到，我手里还抓着什么东西。

我张开手，低头看见伊恩的车钥匙正躺在我手心。我立刻意识到了现在我该做什么，我可能帮不了妈妈，但我至少可以帮助特朗克夫人。

37

新的计划

意识到这一点，我在台上一秒钟都待不下去了，直接飞速穿过人群朝桑德跑去，一把拉起他下了舞台，穿过侧门，挤过走廊，回到了停车场。

他并没问我为什么要把他从家人中拖出来，虽然他们其实很可能跟在了我们身后。直到我们完全走到室外，他才开口问道：“出什么事了吗，露西？”

我本想告诉他伊恩给我的钥匙和我的新计划，可我却脱口说道：“你太棒了！你刚才的演奏太精彩了！用身体部位表演的那段，太好了！太棒了！”

他有些回避我的目光，小心地问道："所以我不无聊？"

"当然，你当然不无聊，你太有趣了！你是我见过的最有趣的人！也是我最好的朋友！我唯一真正的朋友！即使以后我交了其他朋友，你也会是最好的那一个！"

等我说完，我才感觉到我可能有些夸张了。可我说得没错，他确实是我见过的最有趣的人，也是我最好的朋友。不过……也许我应该简单夸他一句"你刚才的表演很棒"之类的，这样就不会像现在这么尴尬了。然而，听完我的话，桑德走了过来，直直地盯着我的眼睛说道："你也是我见过的最有趣的人，你也是我最好的朋友。"

我忍不住笑了起来，然后感觉脸上火烧火燎的，我还想说点什么，却一句话也挤不出来。

桑德似乎并没想那么多，他继续说道："你听见我妈妈说什么了吗？说我的表演精彩绝伦！"

"是的，保罗也这么说了。"

"如果今天早上你跟我说这句话，我绝对会开心得跳起来，可现在我有点怀疑我是否还喜欢他。"

我用胳膊肘轻轻撞了撞他："我懂你，桑迪普。"

他忍不住笑了起来，然后低头看了看他自己，问道："露西，为什么我们要穿着金色紧身衣光脚站在停车场里？"这句话终于让我想起来了我们还有事情要干。

“啊！快点！”我把车钥匙举到他面前，“车钥匙！伊恩的妈妈！快点！”

他完全没明白我在说什么，这可以理解，毕竟我刚才那几句话确实极其突兀，于是我又补充道：“我们得帮助特朗克夫人，以免贷款公司的人把她赶出家门！”

“怎么帮？”

这是个好问题，不过我已经有了计划。

“我们必须在警察之前找到那幅画，卖掉它，然后把卖画的钱交给斯坦和伊恩的妈妈，这样她就可以继续待在自己家了。”

尽管之前的事情并不能证明我是一个好的规划者，但桑德却说：“这计划很棒！”

我们在停车场跑来跑去，试图回忆起那辆车的特征，可只能想起来那是辆白车——停车场里有成千上万辆白车。找了好久后，桑德突然想起来可以试试用车钥匙找，终于，有辆车灯闪了，我们飞快地冲过去，钻进车里。

我猛地推开后门，正要把画拉出来，驾驶座的门却突然开了，希拉阿姨把头探了进来；副驾驶的门也开了，妈妈也把头伸了进来。她们同时问道：“露西，你到底在干什么？为什么要逃跑？”

我抬起头，透过挡风玻璃看到两个警察正朝这个方向走来。我喘着气喊道："来不及了！不能让警察过来！我们得赶紧离开这里。"这话听起来相当刺激。

妈妈开口道："露西，我们哪儿也不去，我们得聊聊到底发生了什么。"

希拉阿姨也说道："是的，你得好好解释解释到底发生了什么。"

可眼下我并没有解释的时间，只能央求道："妈妈，希拉阿姨，求你们了，我现在需要帮斯坦和伊恩做一件非常重要的事，但没时间解释太多了。"

我用最可怜的眼神看着妈妈，又看了看希拉阿姨，她们互相看了一眼。

希拉阿姨开口道："我们绝不能让你和两个罪犯搅和在一块儿，绝对不行！"

"求你了，希拉阿姨。是你告诉我在了解一个人之前不要轻易下结论的。"

"我不是为了让你去评价小偷！"

"他们不算真正意义上的小偷，对吧，桑德？"

桑德从后座另一侧探了进来："他们确实是小偷，但更像《舍伍德森林》里的主人公，而不是那种坏小偷。"

希拉阿姨大声叹了口气："我刚才到底听到了什么？"

我看见警察已经走到了F排，而我们的车停在J排，没有

多少时间了。我又看向了妈妈："求你了，妈妈，算我求你一件事，可以吗？就这一件！我没能让你开心起来，但也许我可以帮助特朗克夫人。"

妈妈用手捂着嘴，我以为她要哭了，可她没有，只是深深叹了口气说道："亲爱的，让我开心不是你的任务。很多事情都很复杂，感情也很复杂，唯一简单的事就是妈妈爱你，为你骄傲，明白了吗？"

我感觉我第一次理解了妈妈的话。

然后她继续说下去——我想这时她确实带了点哭腔，不过不是因为伤心，而是因为高兴。"妈妈答应为你做这件事，我的宝贝女儿。为了我你穿着金色紧身衣，在成千上万的观众面前邀请保罗·卡斯特尼去家里吃千层面！我能为你做的事和这比起来不过是九牛一毛罢了。"

希拉阿姨喊道："莉莉！你在想什么？"

妈妈坚定地说："我想要为我女儿做一件事，我心甘情愿！我最近没能为她做任何事，现在我终于有机会了。"

我开始一点儿一点儿把画从后门拖出来，它特别沉，我说道："我们得带它回家。"

"这是什么？"希拉阿姨问道，"不会是毒品、炸弹或其他什么可怕的东西吧？"

我翻了个白眼："你看它像吗？"

她帮我抓住包裹的另一端，说道：“小姑娘，好好说话。我把车停哪儿了？”

桑德和妈妈砰的一声关上车门，然后我们四个各抓住包裹的一角，往希拉阿姨停车的地方快步走去。桑德和我跳上后座，把包裹插在了闪闪发光的马桶坐垫和玩偶之间，妈妈和希拉阿姨上了前座，我们尖叫着冲出停车场，经过警察，一切都相当刺激。然后，我们看见桑德的一大群亲戚正站在停车场出口，希拉阿姨猛地踩下刹车，摇下车窗，向桑德的父母打着招呼。

“阿拉沃尔先生，阿拉沃尔太太！跟你们说一声，桑德在我们车上。现在我们有点小事需要处理下，十万火急。”

“一点儿小事？”桑德妈妈问道。

桑德打开货车后门说道：“别担心，妈妈，不是什么大事，只不过我必须在场。”

桑德爸爸向前走了一步，似乎希望能和我们一起去，可这时桑德妈妈把手放在他胳膊上说道：“南迪，如果桑德说了他必须这么做，那我觉得我们最好就别管了。”

虽然只能看到桑德的后脑勺儿，但他那句“谢谢妈妈，我爱你，再见”中透露的开心之情都快溢出来了。

希拉阿姨说道：“等喝完下午茶，我们就会把桑德安全地送回来。很高兴今天见到你们，再见！”

然后她重新踩下油门，桑德刚把后门关上，货车就冲了出去，她扭头冲我说道："好了，露西，现在你总该好好解释解释了吧。"

当我讲完斯坦、伊恩、那幅画、贷款公司和特朗克太太的事情后，希拉阿姨紧了紧她的粉红色马尾辫说道："好吧，我们家肯定不会看着一个手无寸铁的老太太被一整个公司的人赶出家门的。"

妈妈拉紧了安全带，转身看着我说道："露西，你是个善良的孩子，妈妈很开心。"

我感觉我的心脏都要开心到爆炸了。

38

完美落幕

我们围着厨房桌子站成一圈，死死盯着桌上的包裹，仿佛这是一个即将爆炸的定时炸弹。

希拉阿姨率先打破了沉默：“我得找点喝的。”然后她打开冰箱，给自己倒了满满一杯芦荟汁，一股脑儿喝光了。

妈妈开口问道：“这幅画画的是什么？”

“我们也不太清楚，只知道它价值连城。”

希拉阿姨又给自己续了一杯，说道：“你没事吗，莉莉？”

妈妈回答“我很好”的语气让我自然而然就相信了她的话，她接着说道：“我只是想帮女儿做件事。”

“你出院了吗？”我问道，尽量克制住心里的期待，以免让她感到难过。

她紧紧握着我的手说道：“还没，不过快了。下周就可以了，下周伊芙医生希望你能过来和我一起进行第一阶段治疗。你愿意吗，露西？”

“我当然愿意。”我也握了握她的手，我们俩都给了对方一个安慰的微笑，这感觉太棒了。

终于，我放开妈妈的手说道：“要不我们打开看看？”我撕开牛皮纸的一角，一片亮橙色的布露了出来。

“这颜色很现代啊。”妈妈感叹道。

桑德帮我把剩下的纸撕掉，整幅画露了出来，我们立刻认出了画上画的是什么。

希拉阿姨用袖子擦了擦嘴角的芦荟汁，倒吸一口冷气，结结巴巴地开口道：“天哪，不敢相信，这竟然是一幅安迪·沃霍尔的《伊丽莎白女王》真迹！”

桑德大叫道：“哦！原来AWP指的是安迪·沃霍尔，而不是什么北极动物福利巡逻队！”

妈妈问道：“北极什么？”

桑德回答道：“已经不重要了。”

然后我突然发现希拉阿姨变得特别兴奋，她整个人直接跳了起来，大喊道：“我要买下来！这要多少钱？”

我皱了皱眉头："希拉阿姨，这是一幅名画，你靠维修吸尘器是赚不了这么多钱的。你买不起，你没这么富有。"

希拉阿姨不依不饶："我很有钱啊。"

我叹了口气："我知道，你在很多方面都很富有，富有感情、朋友、家庭、健康、沙丁鱼和牛舌，可你在金钱方面并不富裕。"

她笑了："你为什么觉得我在金钱上不富有？"

"首先，我睡在独木舟里，你住在一个小房子里，常买二手货，还从福利店买衣服，而且你的货车已经开了三十多年了，更何况……"

她脸上的笑容越来越大："可这些正是我有钱的秘密。"

桑德似乎开始相信她的话了，他问道："真的吗？你真的很有钱吗，希拉？"

"是的，我很有钱，因为我很节约，从不浪费。"

"而且几年前你炒股还大赚了一笔。"妈妈补充道。

我们都没料到事情会发展成这样。"那我为什么要一直睡在独木舟里？"我质问道。

"你不喜欢吗？"希拉阿姨反问道，"可不是每个人都有机会睡在独木舟里。"

我喊道："那是因为其他人都有床睡！"

她笑着说："可独木舟也带你去冒险了，不是吗？"

妈妈抚摸着我的脸颊说：“说得没错。”

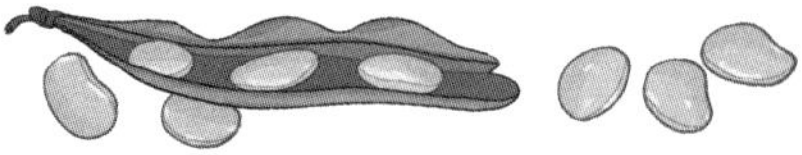

最后，妈妈和希拉阿姨想出了一个计划。希拉阿姨给警察局打电话，告诉他们我们找到了那幅被盗的画，但拒绝透露任何细节。警察局给了我们一笔酬金，我们马上把这笔钱给了特朗克夫人，让她偿还贷款。特朗克夫人感激涕零，当妈妈提到这是伊恩和斯坦送她的礼物时，她又哭又笑，给了我们所有人一个拥抱。

希拉阿姨向警方报案后，就拿到了画作主人的电话，结果发现这幅画确实不属于某个人，特朗克兄弟说得没错，它属于一家无名公司。也就是说，这幅画一般会被放在保险柜里，而不是挂在墙上。希拉阿姨说这是比伊恩和斯坦偷画更罪恶的行为。所以最后，她把这幅画买了下来。

现在，它就挂在客厅里我的独木舟上方。

希拉阿姨说她很喜欢这幅画，喜欢里面的颜色，也喜欢这幅画和我们有关的寓意——她自己、妈妈，甚至是我，我们都是自己的女王。

然而，对我来说，这幅画里的橙色总会让我想起金橘，而金橘又会让我想起桑德。

39

幸福的真谛

第一集《世界纪录挑战者》播出时，我、妈妈、希拉阿姨、桑德、桑德爸妈以及桑德的爷爷奶奶决定一起观看。当然，我还带上了威尔伯，不过它现在散发着一股恶臭，还黏黏糊糊的，于是我在它身上贴了块膏药，似乎起了点效果。

希拉阿姨家的客厅不大，但没人介意这些。桑德的爸妈和爷爷奶奶挤在三人沙发上，妈妈和希拉阿姨坐在地上的垫子上，而我和桑德则坐在独木舟里。

在桑德大大表演了一些像是魔术，但又感觉不是魔术的小伎俩后，我们观看了保罗·卡斯特尼《你是我的幸福》演唱会录像。我估计希拉阿姨应该是全世界唯一一个还在用录像带的人了，她甚至还留着不止一盘。

桑德说：“现在我已经不狂热迷恋他了，但能在他面前表演还是个非常棒的经历，我肯定不会忘了这次演出的。”

希拉阿姨补充道：“我觉得保罗·卡斯特尼也肯定忘不掉这场演出。”

妈妈开口道：“你真的很有表演天赋，桑德。”

桑德妈妈也说：“你肯定会成为钢琴大师的，桑德。当然，如果你愿意选这条路的话。”

桑德笑了笑：“我确实很喜欢弹钢琴。”

听着保罗低沉婉转的演唱，我脑海中突然闪过一个念头：“可是，希拉阿姨，你是怎么知道我们在《世界纪录挑战者》演出现场的？你不会在我们身上装定位器了吧？”

希拉阿姨清了清嗓子：“别瞎说。”可她说话的语气却让我感觉她确实这么做了。

我继续追问：“你真的没给我装定位器吗？”

希拉阿姨连忙说：“有人想喝酸奶吗？”

这岔开话题的方式实在太刻意了！“希拉阿姨！”我用自己最严肃的声音喊道，这一喊好像确实起了作用，她立刻回答道：“好吧！我承认，但幸亏我——我的意思是，好在我这么做了，对吧？”

“装哪儿了？”

“放你们鞋子里了，本来我想缝在内衣上，可定位器不能进水。”

“什么？”

“当时我看你在卢顿绕了十四圈，还以为你的一号定位器坏了。”

“可是，为什么？”

“以免你们遇到危险！露西，你很重要，人们只有在对待重要的东西时才会加倍小心。”

我不知道该说什么，虽然她偷装定位器的行为让我感觉自己的隐私受到了侵犯，可其实心里却很喜欢别人说我“很重要”。

希拉阿姨又叹了口气：“唉，也许我确实不该一直忧心忡忡的，我应该好好享受下当下的幸福。”

演唱会结束后，我们开始看《世界纪录挑战者》第一集。我捕捉金橘的挑战被缩短到十二秒左右，收录在了“挑战失败”的精选片段中。相信我，十二秒绝对不短，我只有把威尔伯挡在眼前，偶尔偷看一眼，才撑过这可怕的、展示我不停被金橘砸中的十二秒时间。

桑德开口道：“简直了！你竟然一动不动，我感觉你眼睛都没眨一下。”

房间里每个人都在努力憋笑，希拉阿姨带着笑摸了摸我的头说："乖，没关系的。"

妈妈对我眨了眨眼："我依旧为你感到骄傲，宝贝。妈妈永远都不会忘了你为我做了什么，以后一看到金橘我肯定会

想起你。”

然后他们突然从口袋里拿出几个晾衣夹夹在脸上，显然是在故意笑话我，我没理他们。

桑德的片段比我的长一些，但也没长多少，鉴于他确实

创造了一项世界纪录，这待遇似乎不太公平。他那段精彩的钢琴独奏只给了二十二秒镜头，我估计是因为后面发生的事情让节目组不得不删掉后半段表演。

为了弥补这一遗憾，在镜头切到他时，我们大声欢呼着，而桑德，尽管羞得满脸通红，依旧在希拉阿姨让他站起来鞠躬致谢时照做了。他第一次鞠躬时，我们一个劲儿地鼓掌跺脚，然后他就又鞠了一躬，我们的欢呼声更大了，这使得他只好不停地鞠躬，但后面他显然有些累了。这时他爸爸开口道："看来我们家现在出了一位新明星了！这谢幕比你所有的谢幕时间都长了，亚妮！"

桑德妈妈笑着回道："这是他应得的！"

桑德走回独木舟在我旁边坐下，小声说道："我敢打赌比利·格里斯这个假期肯定没做什么有趣的事。"

我回道："我百分之百肯定。"

节目结束后，桑德的爸妈和爷爷奶奶回了隔壁，他自己则想在希拉阿姨家再待一会儿。他说去厨房给我们拿个南瓜，结果回来时，他手里端着一盘饮料和我的旧相机。他把托盘放在火烈鸟游泳圈箱子上说道："希拉、露西、莉莉，我给你们拍张照吧！"

我摇了摇头："拍不了，这相机还是坏的。"

但他没管我的话，继续说道："咱们试一试呗。"

希拉阿姨和妈妈走了过来，挤进独木舟里搂着我。

桑德按下快门，奇迹发生了，相机好了！

他看着屏幕说："拍得太好了！"

"别糊弄人了，这相机是坏的啊。"

我看了眼屏幕，发现相机确实能用了，但桑德没给我们拍照，而是给自己拍了张自拍，屏幕上是他那标志性的巨大笑脸。

"你说得对，确实拍得很好。"我把相机塞回他手里，"现在好好给我们拍一张吧。"

他又拍了一张，举到我面前说："你看起来特别特别高兴，露西。"

我看着照片里的自己，发现他说得一点儿没错。

直到现在，桑德的自拍，以及他给我、妈妈和希拉阿姨拍的坐在独木舟里的照片，依旧是我最喜欢的几张照片。我把它们放在了枕头下面，每当我遇到困难，或者妈妈的情绪又出现问题时，我就会拿出这些照片看看，回忆那段快乐的时光。

照片里的桑德，拥有挑战世界纪录的勇气。

照片里的妈妈和希拉阿姨，脸上夹着木夹子，绽放着大大的笑容。

是的，妈妈在笑，发自内心的那种笑，笑意从鼻子上的雀斑一直延伸到了指尖。

我也一样。

当我第一次看见这张三人合照时，我看着照片里的自己，突然意识到，这么长时间以来我第一次这么开心。而就在那一刻，我突然明白了，我一直以为尝试打破世界纪录是在为妈妈寻找幸福，但我错了。

我是在寻找自己的幸福。

我原以为，妈妈身体健康就是我幸福的答案，我也错了。我是希望妈妈开心没错，但她能按自己的想法生活也令我开心。

我慢慢发现，我们不能把自己的幸福寄托在一个人或一件事上，因为幸福来自方方面面。

你只需要用心寻找。

它可能藏在一袋虾里（我指的是糖果，不是真虾），一个叫威尔伯的西瓜中，一段去报亭的自行车旅程里，一个愿意为你在公共场合穿金光闪闪的演出服的朋友那儿，一个想在你内衣上缝定位器的阿姨那儿，仅仅因为她总是忧心忡忡，害怕一切尚未发生的灾难。也可能藏在音乐和艺术中，藏在有着一颗善心的罪犯那里，藏在一次帮助他人的体验中，藏在所有家庭里。当然，还藏在妈妈的爱中，尽管有时候这份爱有些脆弱，但脆弱的东西依然美丽。

我依旧没搞清楚为什么那天那台旧相机突然就能用了，我用尽了所有办法想修好它——把它拆开又重新组装，对着它大喊大叫，对着它哭，甚至把它扔到了房间的另一角——但这一切都没起作用。后来，我问希拉阿姨是不是她修好的，她说没有，桑德也说没有。

后来我想，是不是有时候把一件东西放在一旁不管，它有可能会自己好了呢？

你们可千万别误会我的意思。这台相机现在依旧不好使，有时候会突然罢工惹我生气。有时候我甚至想扔掉它，买一个新的，但后来我想明白了，虽然它有点问题，但它依旧希望自己能拍出好看的照片，捕捉最幸福的回忆。

希拉阿姨可能会说，这就和人一样。我觉得她说得没错。我慢慢发现，有时候面对问题，你想解决并不代表你就一定能解决它，也不代表你就必须解决它。

桂图登字：20－2021－018

THE INCREDIBLE RECORD SMASHERS
First published in the UK in 2021 by Usborne Publishing Ltd, Usborne House, 83-85 Saffron Hill, London EC1N 8RT, England.www.usborne.com

图书在版编目（CIP）数据

为妈妈挑战世界纪录 /（英）詹妮 · 皮尔森著 ;（西）埃里卡 · 萨尔塞多绘 ; 宗琬晶译 . —南宁 : 接力出版社，2023.2

ISBN 978-7-5448-8035-0

Ⅰ . ①为… Ⅱ . ①詹… ②埃… ③宗… Ⅲ . ①儿童故事 – 图画故事 – 英国 – 现代 Ⅳ . ① I561.85

中国国家版本馆 CIP 数据核字（2023）第 002942 号

责任编辑：周琰冰　美术编辑：王　辉
责任校对：王　蒙　责任监印：郭紫楠　版权联络：闫安琪
社长：黄　俭　总编辑：白　冰
出版发行：接力出版社　社址：广西南宁市园湖南路9号　邮编：530022
电话：010-65546561（发行部）　传真：010-65545210（发行部）　http://www.jielibj.com
E-mail:jieli@jielibook.com　印制：北京尚唐印刷包装有限公司　开本：880毫米 × 1250毫米　1/32
印张：8.5　字数：160千字　版次：2023年2月第1版　印次：2023年2月第1次印刷
定价：39.80元